Giuli

La ninna nanna

Foto dello Steccato sotto la neve. Barile (PZ)

Piccola di statura, dimessa, talvolta stanca.

I lunghi capelli neri raccolti sulla nuca, a cipolla.

Quei capelli che non aveva mai tagliato e che erano così lunghi da toccare il pavimento, li lavava una volta al mese con un insolito rituale.

A me era vietato assistere a quell'affascinante operazione, forse per la presunzione di mia madre che Giulia avesse i pidocchi, ma lei non ne aveva nemmeno uno.

Il giorno e l'ora stabiliti correvo ad aspettarla sulla strada davanti al lavatoio pubblico e, quando arrivava, restavo immobile ad osservarla.

Iniziava sfilandosi i ferretti a uno a uno dal *"tuppè"*, come lo chiamava lei, per poi disporli accuratamente su un panno bianco steso sull'erba. Subito dopo scioglieva la treccia e si lavava i capelli con la cenere sotto il getto gelido della fontana, poi li risciacquava e li asciugava al vento e al sole, se mai ci fosse stato.

Il vento invece soffiava sempre, era una costante.

Spirava in tutte le stagioni regalandoci immagini del cielo sempre diverse. Bastava distrarre un attimo lo sguardo ed ecco che lo scenario era cambiato. Le nuvole si addensavano, si sovrapponevano, si allontanavano, si lasciavano squarciare da un raggio di sole per poi richiudersi.

Giulia dopo essersi pettinata, rifaceva la treccia e l'arrotolava sulla nuca appuntando le forcine fino al lavaggio successivo, convinta che i capelli raccolti si sporcassero meno.

Come facesse a lavarsi il resto del corpo era un mistero dato che non aveva l'acqua corrente in casa.

Tuttavia, giacché profumava di talco e caramello, è probabile che si lavasse, forse lo faceva con l'acqua piovana raccolta nel catino, come nell'ottocento.

D'altronde, quelli erano tempi in cui neanche in casa mia si sprecava tanta acqua. Anzi, dovevamo insistere per poterci lavare i capelli più spesso.

«I capelli si sciupano a lavarli tutti i giorni. Il sapone e l'acqua sono dannosi per la cute. E comunque non possiamo sprecarne tanta perché è un bene prezioso e in Africa nemmeno ce l'hanno», ripeteva mia madre, ma mia sorella Lucia si batteva all'infinito perché non condivideva la sua teoria, né comprendeva che c'entrasse l'Africa.

Purtroppo neanche noi avevamo l'acqua calda per cui dovevamo scaldarla sulla stufa a *kerosene* dello studio.

Per quanto riguarda lo shampoo invece, non usavamo la cenere come Giulia, ma forse il sapone di *Marsiglia,* quello per il bucato.

I ricordi ci seducono e ci tengono legati al passato.

E del passato ricordiamo solo le cose belle, quelle che ci hanno fatto soffrire, col tempo, le dimentichiamo.

Giulia è fra i miei ricordi più belli non già associata all'immagine di un volto, ma alla sua essenza, come fosse stata un profumo.

Di lei non possiedo foto.

Non ne abbiamo potuto mettere neanche una sulla lapide e mio padre, non scevro da sensi di colpa, per sopperire a quella mancanza aveva fatto incidere un'epigrafe che, con una scarna descrizione, la sostituiva:

"Qui volevo mettere una foto di Giulia.
Ma Giulia non ha mai avuto una foto in tutta la sua vita.
Piccola, minuta, il suo volto pareva sereno, ma quanta sofferenza si scorgeva in fondo ai suoi occhi... "

Sul marmo, oltre a quella frase, c'era solo la data di morte perché quella di nascita non la conosceva nessuno, infatti non era stata registrata neanche all'anagrafe e l'ultimo censimento risaliva a duemila anni prima, ai tempi di Erode.

«Quanti anni avrà avuto la signora che è deceduta?» aveva chiesto l'ufficiale di stato civile a mia madre, quando era andata a dichiararne la morte.

Lei, che non sapeva neanche che cognome avesse, aveva dovuto ammettere di non averne idea, poteva solo dire che sembrava avesse cento anni.

L'impiegata l'aveva registrata col cognome del marito e come data presunta di nascita ne aveva scritta una a caso.

«Non aveva figli, parenti? suo marito non lo sa?» aveva chiesto.

Solo allora mia madre si era resa conto di non sapere niente di lei, immaginava che fosse orfana senza figli e senza parenti, al funerale non si era presentato nessuno. E dire che erano stati affissi anche i manifesti funebri, sia a Barile sia a Gioia del Colle, suo luogo di nascita.

«Se fosse stata ricca, sai quanti parenti sarebbero saltati fuori?» aveva detto mia madre provata dalla sua morte inaspettata.

Allora l'ufficiale d'anagrafe, come data presunta di nascita, aveva scritto quella di cent'anni prima.

«Facciamo cento?» aveva suggerito, «più di cento non si può.»

Mia madre aveva acconsentito con un gesto della testa, tanto non avrebbe fatto nessuna differenza.

Da quel momento c'eravamo convinti che Giulia avesse vissuto cent'anni.

Cento anni di sacrifici, stenti e soprusi.

Mio padre aveva scoperto che Giulia non aveva neanche una foto solo quando il marmista gliel'aveva chiesta. Lui stesso, nonostante la sua grande passione per la fotografia, non l'aveva mai ritratta.

Anzi, mai guardata.

Aveva fotografato e filmato tutti, personaggi illustri e persone sconosciute, facoltosi e diseredati.

«Tu non volevi neanche incontrarla, figuriamoci farle foto», l'aveva rimproverato mia madre mentre si svolgevano le esequie.

Ed era vero.

Mio padre non aveva risposto e se n'era andato con la sigaretta in bocca, come faceva sempre quando si sentiva a disagio.

Cosicché il ricordo di Giulia è rimasto confinato in un angolo della mia mente da riprendere nei momenti di sconforto, ma le sue sembianze, a poco a poco negli anni, sono andate via via sbiadendosi, fino a diventare l'epigrafe funeraria scritta da mio padre.

«Impara ad avere piccoli ricordi felici per quando sarai triste, perché quelli ti faranno capire che questa vita, comunque essa sia, vale la pena di essere vissuta», diceva Giulia.

La donna mai nata.

I suoi consigli trovavano riscontro in quelli di mio padre che diceva le stesse identiche cose, ma lui era diverso, non abbandonava mai il ruolo di padre per fare psicoterapia.

«Ninnò, ninnò, ninnò, bel figliolino, se dormi, cucirò un camicioliiino», così mi *ninnava* Giulia, bambinaia e inserviente tuttofare, cullandomi sulle sue gambe esili ma resistenti.

Le maniche del maglione bordò (lei i golf li comprava tutti dello stesso colore) smesso da mia madre, rimboccate fino ai gomiti.

Eravamo nella sala da pranzo, quella delle grandi occasioni, davanti al camino acceso.

Era d'inverno.

Non so quanti anni avessi allora, ma ero abbastanza grande da preservarne memoria. Se ci ripenso, sento ancora la sua voce, il calore delle sue mani e l'odore acre dei suoi vestiti.

Quando mia madre Incoronata, per tutti Renata, Rena' per mio padre, era stanca dei miei piagnistei, a qualsiasi ora ordinava a Giulia: «lascia tutto come sta e falla dormire!»

Allora lei smetteva di colpo le faccende domestiche, riponeva il grembiule e, dopo essersi seduta, mi faceva accoccolare fra le pieghe della sua gonna.

Dopo aver poggiato i piedi su una traversa di legno, iniziava a dondolarsi con foga, cantando.

La sedia, non essendo, suo malgrado, a dondolo, emetteva un fastidioso quanto monotono *tric trac*, ben in linea con la nenia.

Per fortuna al piano di sotto c'erano solo gli uffici della Ferrovia dove lavorava mio padre: il capostazione.

Lui sentiva quel rumore sebbene non avesse un buon udito e ne era contento, significava un po' di tregua per mia madre.

Nonostante la buona volontà di Giulia, io non mi addormentavo mai. Ascoltavo la ninnananna e restavo sveglia per godermi quella tranquillità e quel tepore.

Non so per quanto tempo mi abbia cullato, ma credo l'abbia fatto per talmente tanto tempo, da darmi l'illusione che l'avrebbe fatto per sempre.

Mentre fuori nevicava.

O forse era già alta la neve in quel paesino della Lucania, dove a volte nevicava anche in primavera.

La neve alla stazione di Barile (PZ)

Allora la luce che penetrava dalle finestre diventava diafana, brillante, come riflessa, ma non trasmetteva tristezza, semmai una sensazione di pace e serenità, come se tutto fosse già pianificato.

Come se non avessi mai dovuto fare il minimo sforzo perché c'era qualcun altro che avrebbe pensato a me, che ero il suo vanto, il suo futuro.

Quel *"qualcun altro"* era mio padre di cui sentivo tutto l'amore, denso, palpabile, come il pane fresco, come la legna da ardere, come le braccia forti di Giulia.

Lui sentiva me ed io lui che camminava nel suo ufficio, spostava la sedia chiamando a gran voce il suo operaio: «Ciccillo, dove sei finito?»

Lui che timbrava i biglietti in maniera così violenta da farne ripercuotere il rumore all'infinito.

E che tossiva così forte da scorticarsi la trachea.

Poi saliva le scale di casa fischiettando e facendo stridere le suole delle scarpe sui gradini.

E mio fratello Gep, il primogenito, lanciava la cera pongo sotto il letto per non farci sorprendere a giocare e, preso un libro, iniziava a declamare.

Mio padre al ritorno dai suoi frequenti e brevi viaggi, portava sempre giochi nuovi e, da quando ci aveva regalato il "*pongo*", quello era diventato il nostro preferito.

Era stato a Milano a comprare una macchina fotografica e al ritorno ci aveva mostrato quella creta colorata: «questa pasta che si chiama cera pongo o plastilina, non indurisce mai, si possono creare tutti i colori del mondo con quelli primari e si può riutilizzare all'infinito», aveva detto.

Ogni volta riusciva a incantarci e sorprenderci. I nostri compagni di scuola non l'avevano mai vista e la mia migliore amica, Caterina Botte, era rimasta incantata nel vedere le mie mani creare qualsiasi minuscola cosa.

Ricordo che c'eravamo talmente specializzati nel modellarla, che avevamo costruito un'intera comunità di plastilina, abitata da personaggi in miniatura di varie nazioni.

Lucia rappresentava la Francia e ne era la regina. Gep gli Stati Uniti d'America ed era il presidente, io e Lilly non avevamo ruoli di prestigio, rappresentavamo due dame di corte della regina francese, rispettivamente di nazionalità inglese e italiana.

Mio fratello aveva il controllo della malavita e delle forze dell'ordine (quasi come succede nella vita reale), mentre io e Lilly cercavamo di tirare avanti con enormi sacrifici perché avevamo poco pongo.

Spesso si univa a noi anche l'amico dei miei fratelli maggiori, Rocco, che abitava di fianco alla stazione, ma non era così abile ed era talmente povero che doveva giocare con i resti di cera pongo tutta mischiata, regalatagli da Lucia.

Ovviamente il denaro era rappresentato dalla stessa plastilina che valeva più o meno, a seconda del colore. Il bianco aveva il valore più alto in assoluto, la cera mischiata non valeva nulla.

Con la cera, avevamo organizzato anche le Olimpiadi, ma dato che Gep rappresentava la giuria (non sempre imparziale), vincevano sempre i suoi atleti.

Per le premiazioni avevamo creato un podio e varie medaglie e riconoscimenti.

Lucia era la più benestante perché non sprecava plastilina e non la mescolava a caso, creava combinazioni utili lasciando da parte grandi quantità di colori primari.

Mia madre la odiava, ed a ragione: il pongo schiacciato sul pavimento era difficile da rimuovere.

Quando ci vedeva giocare ci rimproverava e diceva a mio padre: «Remì, come ti è saltato in mente di comprare questa roba? Giulia si spacca la schiena per pulire le piastrelle, è peggio della pece.»

E mio padre, un po' perché stufo delle sue lamentele, un po' perché convinto che fare lo stesso gioco a lungo fosse dannoso per la nostra crescita, ci sequestrò tutta la cera.

«Non potete fissarvi con un gioco, poi basta, siete grandi, pensate a battere la testa su "rosa, rosae, rosae"», diceva.

Così di volta in volta dovevamo inventare giochi nuovi e sempre diversi, l'unico al quale partecipava anche mio padre, era quello degli scacchi.

A Barile, d'inverno, faceva buio presto, ma nessuno accendeva la luce.

Mia madre, col pallino del'economia, diceva: «bisogna evitare sprechi, poi il sovraccarico di energia elettrica potrebbe mandare in tilt l'impianto, ai miei tempi usavamo lampade a olio e candele», e ne accendeva una per stanza e non più di una perché: «*due evocano le anime dannate dei morti.*»

E nessuno, forse per paura dei fantasmi, osava contraddirla.

Giulia intanto cantava la ninna nanna e lo scoppiettio della legna nel camino faceva da sottofondo, mentre le lingue di fuoco sembravano seguirne il ritmo.

Tutto il resto era silenzio.

Mentre mi cullava, io fissavo il pezzo di legno su cui poggiava i piedi. Quel tronchetto doveva avere un'anima perché sentivo pulsargli la vita dentro e a volte, nel silenzio, sembrava parlarmi. Era solo un pezzo di legno che per anni era servito come seggiolone.

Poi una sera in cui non c'era altra legna da ardere, mio padre l'aveva buttato nel fuoco. Quando l'avevo visto bruciare, avevo sofferto a tal punto che nessun altro pezzo di legno è mai riuscito a occupare il suo posto.

Nelle lunghe serate d'inverno, le risate dei miei fratelli erano a fatica coperte dalla voce di Giulia che continuava la sua nenia: *«lo cucirò col filo bianco e neero...»*

Intanto mia madre andava rassettando la casa.

Forse.

Chissà.

Gironzolava convulsamente da una stanza all'altra senza preoccuparsi di disturbare il mio meritato riposo, cantando a squarciagola quasi a voler sovrastare la voce di Giulia.

Le sue erano canzoni antiche, preistoriche, roba della sua giovinezza, come quella che recitava: *«amor dammi quel fazzolettino, vado alla fonte e lo vado a lavar...»*

Ma perché andare alla fonte a lavare visto che Giulia lo faceva ogni giorno in casa? Pensavo.

Infatti la ricordo sempre china sulla vasca della cucina a strofinare e risciacquare i nostri vestiti, lei così piccina che a malapena arrivava alla sua altezza.

Quant'era bello però sentir cantare mia madre, rendeva gioiosa tutta la casa, riuscivo a subire anche i suoi nostalgici inni fascisti come: *«faccetta neeera...»* che non riusciva mai a terminare perché all'improvviso appariva mio padre e la bloccava.

Cantava anche Lilly.

Sempre.

Ogni tanto mia madre, disturbata dalla cantilena di Giulia, la interrompeva chiedendo: «non ne conosci altre di ninna nanne?»

Domanda retorica, certo che no.

Lei non rispondeva, non ribatteva mai.

Abbassava un po' il tono della voce, il capo chino, e riprendeva la sua infinita cantilena.

Cap. 2

Le casette

Giulia era a servizio nella nostra casa da tempo immemorabile.

Forse da sempre.

Più che una domestica era un'amica, un parente acquisito. Mia madre non l'avrebbe mai ammesso e si ostinava a chiamarla *"la serva"*, giustificandosi col fatto che lei stessa, presentandosi, si era definita tale.

Giulia conosceva un'infinità di giochi e storie straordinarie che sapeva narrarci con enfasi. Con lei giocavamo a *"mosca cieca"*, a *"regina e reginella"*, al gioco del *"mimo"*, a *"nascondino"*, a *"buio"*.

Il gioco del buio l'avevo brevettato io, era una sorta di nascondino da giocare al buio, sfruttando gli altri sensi diversi dalla vista.

Non occorrevano giocattoli con lei, bastavano anche cinque sassolini arrotondati.

La nostra tata non sapeva andare in bicicletta ma ci seguiva da vicino correndo, ed era bravissima a medicarci le ferite ogni volta che ci sbucciavamo le ginocchia.

La sua era una presenza costante e rassicurante. Restava con noi da mattina a sera, senza un attimo di riposo. Forse non aveva diritto neanche alla pausa pranzo.

Anzi, a dire il vero ci appariva come un *robot* senza alcuna necessità fisica.

Soltanto la sera andava via perché anche lei aveva una famiglia e una casa.

Quella era in cima a una gradinata fatta di terra e sassi.

Ai bordi di ogni rampa di scale c'erano altre piccole costruzioni indipendenti, a schiera.

Mia madre, in odore di nobiltà, le chiamava: *"Le casette"* e ancora oggi non so se si chiamino effettivamente così.

Quelle erano case, anzi casette popolari con l'ingresso indipendente, composte da un locale oltre i servizi, che il comune assegnava alle famiglie meno abbienti.

Per averne diritto non bisognava avere alcun reddito e il punteggio in graduatoria saliva con il numero di bocche da sfamare, e un provvidenziale invalido a carico.

Quando mi capitava di vedere qualcuno dormire per strada, sapevo che nel giro di qualche giorno l'avrei ritrovato alle *"casette"*.

Non so perché, ma avrei essere uno di loro.

Ero diversa, e quella diversità mi pesava.

Mi ostacolava nella ricerca di nuovi amici all'interno di quel quartiere, dove mi sembrava che la gente fosse più genuina.

I genitori dei bambini che vi abitavano non mi vedevano di buon occhio, il confronto con i loro figli era umiliante, io non avevo abiti sdruciti e non camminavo scalza.

Avevo un'attrazione particolare per quel rione perché lo vedevo come il posto ideale per una convivenza felice.

Ne adoravo l'atmosfera che si respirava, e che sembrava rendere quel luogo magico.

Durante le feste natalizie poi, era tutto una festa. Le luminarie pendevano da un lampione all'altro e qualsiasi pianta era addobbata come fosse un albero di natale.

Le musiche natalizie riecheggiavano fra le case e tutti cantavano in sottofondo, lo spirito del Natale lì esisteva davvero.

Alle casette ci abitava anche una delle mie migliori amiche, Camilla Cova, che avevo conosciuto il giorno in cui la sua famiglia era stata sfrattata.

Non so di dove fosse originaria, né dove vivesse prima, certo è che non parlava l'albanese ma solo un italiano stentato.

Eravamo coetanee ma non l'avevo mai vista nel mio istituto, probabilmente aveva frequentato la scuola in un altro paese.

O non l'aveva frequentata affatto.

A quell'epoca l'obbligo scolastico si fermava alla quinta elementare e i genitori erano liberi di mandare i loro figli a lavorare nei campi già da piccoli, o tenerli a casa per farsi aiutare nelle faccende domestiche.

Mio padre invece, mai e poi mai avrebbe rinunciato alla nostra istruzione consapevole che solo la cultura renda liberi.

In casa mia c'erano libri ovunque, in studio, in soggiorno, in camera, in cucina e perfino nel bagno.

Ricordo che ne avevamo qualcuno anche a tavola (oggi invece abbiamo gli smartphone), poi mia madre si spazientiva e ce lo portava via.

Tornando alle *"casette",* credo che quel quartiere rappresentasse per me la prova che l'uguaglianza sociale renda uniti.

Gli appartamenti erano minuscoli, spesso sovraffollati, con arredamenti minimali recuperati nelle discariche, ma profumavano di un'umanità indescrivibile.

Gli abitanti versavano tutti nelle stesse condizioni di indigenza, nella maggior parte erano braccianti, o disoccupati, tuttavia sembravano sereni, forse perché sapevano accontentarsi del minimo necessario, che a volte neppure avevano.

O forse erano rassegnati a una vita di stenti e sacrifici.

Gli uomini lavoravano in campagna dall'alba al tramonto, mentre le donne accudivano nidiate di figli.

Le anziane sedevano sui gradini a lavorare a maglia, mentre i vecchi fumavano il sigaro e parlavano di quando c'era *"lui"* e della Grande Guerra e di quella bellissima ragazza somala che qualcuno di loro aveva conosciuto.

Le loro porte erano sempre aperte e i panni stesi da una parte all'altra dei caseggiati sventolavano al sole. I bambini giocavano rincorrendosi fra le lenzuola appese, mentre le galline ruspanti si scansavano starnazzando.

Solo verso sera, quando gli uomini tornavano dai campi, calava il silenzio.

Dai camini cominciava a uscire un leggero fumo.

Le donne raccoglievano la biancheria in fretta, in grandi cesti, le madri raccattavano i bambini e sbarravano i portoni.

Allora io capivo che era ora di tornare a casa e dicevo a Lilly: «dai, andiamo.»

E scendevamo di corsa le scale, cantando.

Tornavamo a casa con i vestiti sporchi, piene di graffi con le ginocchia sbucciate e, quando mia madre apriva la porta, urlava: «siete state alle casette, non è così? ora che viene tuo padre vedi che succede! (parlava al singolare perché la responsabilità era solo mia, in quanto sorella maggiore)»

A lei, da perfetto detective, non è mai sfuggito niente.

Era prevenuta nei confronti delle casette, secondo lei erano abitate da ladri, ubriaconi e all'occorrenza pure assassini.

Io e Lilly avevamo il divieto assoluto di andarci.

Prima che uscissimo da casa, ci faceva le solite raccomandazioni: «non vi sporcate, non rovinate i vestiti e non andate alle casette perché vi rubano gli orecchini e gli anelli d'oro senza che ve ne accorgiate.»

Ma io disubbidivo.

Spesso riuscivo a trascinare con me anche Lilly, la sorella con cui giocavamo a fingerci gemelle siamesi. Ci somigliavamo molto fisicamente, non nel carattere, ma eravamo così unite da desiderare di essere attaccate l'una all'altra.

Ricordo che una volta c'eravamo legate le gambe all'altezza delle cosce con un elastico spesso, ma la nostra andatura disarticolata ci aveva fatto scoprire.

«Passa l'Angelo e dice "Amen"», aveva sentenziato mia madre (nel senso che ci avrebbe legate davvero) e mio padre era intervenuto per tagliare l'lastico e sgridarci a dovere.

Comunque io alle casette ci andavo tutti i giorni e poi immancabilmente tornavo a casa sporca o peggio, senza gli orecchini d'oro.

D'altronde si sa, nei luoghi magici le cose possono sparire.

Di quel posto mi attirava anche il percorso per arrivarci.

Uscivo di casa e dopo il piazzale della stazione, giravo dietro la casa di Rocco e poi, poi arrivava il bello.

Dovevo attraversare un tratto di strada sterrata, con a destra un burrone.

Sulla sinistra invece c'era una fontana a getto continuo col lavatoio.

Più in là un ponte ad arco. E dietro di questo un bosco fitto, buio, misterioso.

Era il famigerato *"ponte del diavolo"*.

Alle elementari i miei compagni di scuola facevano a gara per regalarmi radici di liquirizia raccolte sotto quel ponte. Ammiravo il loro coraggio e restavo ad ascoltare incantata i loro racconti nei quali narravano come avevano dovuto affrontare il demonio in persona pur di portarmi quelle leccornie.

Di giorno non mi faceva paura, ma quando tornavo a casa, all'imbrunire, percorrevo la strada di corsa senza guardare alla mia destra perché quel ponte aveva un non so che di diabolico. Fra il fruscio delle foglie e lo scroscio dell'acqua del lavatoio mi sembrava di sentire dei canti ammalianti che mi attraevano, con lo stesso tono delle sirene di Ulisse e, che sembravano dire: *«dai vieni, oltrepassa il ponte.»*

E chissà come ho fatto a non oltrepassarlo mai.

Dovrei tornarci prima o poi per vedere se effettivamente oltre quel ponte c'è solo un bosco o se vi si nasconda un mondo incantato, popolato da fate e folletti.

Cap. 3

Casa mia

Stazione ferroviaria di Barile (PZ)

Noi non abitavamo alle casette.

Vivevamo proprio nella stazione, in una casa enorme.

Era una palazzina su due piani, prospiciente i binari della ferrovia.

Al piano terra c'erano gli uffici, la biglietteria e le sale d'aspetto, mentre al primo piano gli alloggi dei ferrovieri.

La casa, composta di cinque locali oltre ai servizi, era confortevole sebbene fosse priva di riscaldamento, però c'era un bellissimo focolare di pietra in soggiorno e una stufa a kerosene nello studio.

In realtà di notte, quando erano spenti sia il camino sia la stufa, faceva un freddo pazzesco. Tuttaviaio e le mie sorelle dormivamo nello stesso letto, sotto tonnellate di coperte di lana, e ci scaldavamo l'una l'altra col calore del respiro, come Gesù Bambino col bue e l'asinello.

L'unico vero problema era il passaggio continuo dei treni, ma ormai ci eravamo abituati a quel rumore e lo sentivamo appena.

All'epoca la stazione era attiva, ora i treni transitano soltanto.

Ad ogni passaggio la casa tremava come fosse investita da una scossa di terremoto, i lampadari oscillavano, le sedie si spostavano e la cristalleria, nella credenza del soggiorno, tintinnava.

«Madonna, adesso crolla la casa!», ripeteva mia madre, ogni santissima volta.

La scossa più forte, vicina alla mezzanotte, l'avvertivamo a causa del passaggio del rapido che ci faceva sobbalzare.

A Barile, situata in piena zona sismica, quando c'era il terremoto la nosra famiglia non se ne accorgeva, pensavamo fossero altri treni.

Il loro fischio, assieme allo sferragliare delle ruote sulle rotaie, fa parte del mio imprinting, e mi ricorda un tempo spensierato in cui vivevo, amata, con la mia famiglia.

Ho vissuto sempre in una stazione, prima a Pietragalla, frazione di Avigliano, poi a Barile, sempre in provincia di Potenza.

Il passaggio continuo dei convogli, per la mia famiglia, era utile: cadenzava le giornate.

Ad esempio quello delle quattordici era il segnale che mio padre stava rientrando per il pranzo, per cui mia madre aveva dieci minuti esatti per servire i piatti in tavola.

Quando lui arrivava, eravamo già tutti seduti al nostro posto, mentre Giulia si dileguava.

Io e le mie sorelle andavamo a scuola a Rionero in Vulture, un comune a pochi chilometri di distanza da Barile.

Per andarci prendevamo il *"settebello"*, uno dei primi treni ad alta velocità, delle sette e quaranta.

A quell'ora se ne incrociavano due: uno diretto a Sud, l'altro a Nord.

Scendevamo sul piazzale della stazione al primo fischio e aspettavamo che il nostro treno s'incrociasse con l'altro prima di salirvi.

Poi mio padre dava il "via!" con la sua paletta rossa, e aspettava che le due vetture sparissero nelle gallerie dove noi piccoli facevamo un sacco di giochi, il più delle volte pericolosi.

Mio fratello Gep era l'inventore di quelli più al limite che ci davano una scossa così forte di adrenalina da restare svegli per ventiquattr'ore.

Il peggiore consisteva in una prova di coraggio. Bisognava restare immobili con la schiena contro la parete interna della galleria e rimanervi fino al passaggio del rapido, col rischio di essere trascinati sotto i binari.

Gep in realtà aveva proposto anche un altro gioco, che per fortuna non abbiamo mai fatto: consisteva nello stendersi fra i binari facendosi passare sopra dai convogli.

Durante le ore passate nelle gallerie facevamo una bella scorta di anidride carbonica ed i vestiti si annerivano e puzzavano, ma mia madre, ignara, non sapeva farsene una ragione.

Giulia ci aveva scoperti e rimproverati, ma non aveva mai fatto la spia, mai una volta.

Lilly la mattina era sempre la prima a svegliarsi, si alzava e cantava, era il nostro gallo nel pollaio.

Io ero lentissima, sarà stato per il metabolismo lento o per la pressione bassa, ma se non mangiavo una tazza di latte col pane raffermo non riuscivo ad alzarmi.

Lucia invece si sentiva disidratata, doveva bere quasi una bottiglia d'acqua prima di alzarsi.

Giulia e mia madre ci portavano la colazione a letto, ma mentre la prima era dolce e silenziosa, l'altra urlava come un'ossessa, pronosticando che di sicuro avremmo perso il treno.

Bisogna ammettere che più di una volta mio padre aveva dovuto ritardare di qualche secondo la sua partenza, ma in linea di massima eravamo puntuali.

La mia era una famiglia numerosa, composta dai genitori, quattro figli, una domestica e un facchino. Eravamo una comunità ben assortita nella quale vigevano precise regole.

Mio padre comandava, sobillato da mia madre. Si occupava della nostra educazione e delle diavolerie tecnologiche, quali la televisione e la lavatrice.

Più di una volta l'ho visto smontare elettrodomestici o orologi, che non ha mai più rimesso a posto.

Noi ragazzi, un maschio e tre femmine, avevamo solo l'onere di studiare.

Mia madre insegnava, lavava i piatti e cucinava, quasi esclusivamente spaghetti Barilla numero cinque.

Giulia si occupava di tutto il resto: ci faceva da bambinaia, preparava la colazione, ci accompagnava a scuola, lavava panni e pavimenti.

Male, ma li lavava.

Ci buttava su secchiate d'acqua, e poi passava il resto del tempo ad asciugarla, inconsapevole del fatto che non ci fossero pozzetti di scolo come sulla pubblica via.

Leonardo, suo marito, era il facchino della stazione. Portava in giro pacchi e valigie in cambio di qualche centesimo. Spesso si offriva di portare anche la spesa per mia madre perché il tragitto dal paese a casa nostra era tutto in salita.

Da una parte e dall'altra della mia casa c'erano due giardini nei quali mio padre dava spazio alla sua creatività. Uno dei due era solo decorativo, un'esplosione di fiori e piante di ogni tipo, mentre l'altro era destinato ai nostri giochi, con all'interno una vasca con i pesci rossi e uno stagno popolato da rane e ninfee.

Sulla destra della stazione c'era il casello ferroviario, di fronte l'azienda vinicola dei genitori di Rocco, con la loro abitazione. Il piazzale della stazione era enorme, adatto a ogni tipo di gioco dove venivano a giocare tutti i ragazzi del paese, mentre le ragazze venivano a passeggiare ed a cercare marito.

Gli anziani venivano a vedere i treni oppure a guardare le fotografie e i filmati che faceva mio padre e proiettava sulla facciata dell'azienda del padre di Rocco.

Sulla sinistra c'era un manufatto delle ferrovie, denominato *"la piccola"* perché destinato al deposito di piccoli colli. Durante la vendemmia, i coltivatori vi depositavano le casse d'uva destinate all'esportazione, oppure i bidoni d'olio che sarebbero stati trasportati al Nord con i treni merci.

La vendemmia – Barile (PZ)

Ricordo che una volta *"la piccola"* era stata adibita anche a pollaio.

Gli abitanti più indigenti del paese, a volte avevano offerto in cambio dei biglietti prodotti della terra oppure uova, o qualche piccolo animale.

La notizia che mio padre accettasse il baratto pagando i biglietti di tasca propria, aveva fatto il giro del paese e i contadini, approfittando della sua bontà, non chiedevano più il costo del biglietto, ma quante galline dovevano dare in cambio.

Giorno dopo giorno il numero di galli e galline andava aumentando finché *"la piccola"* si era trasformata in un pollaio a tutti gli effetti.

Avevamo involontariamente creato un allevamento intensivo di polli con conseguente produzione industriale di uova.

Giulia, fra i vari compiti, aveva anche quello di allevare galline e raccogliere uova. E ovviamente di pulire il pollaio.

Per sostenere il ritmo produttivo, avremmo dovuto mangiare uova e pollo tutti i giorni, oltretutto lo stipendio di mio padre, a furia di comperare galline, andava assottigliandosi sempre più.

L'addetto allo sgozzamento del pollame era Ciccillo, l'operaio di mio padre, ma la pulizia dell'animale, e la successiva cottura toccavano a Giulia e a mia madre, in quest'ordine.

«Remì, non accettare più galline per comprare i biglietti, sennò fra poco ci spunta il becco», aveva detto mia madre che, da quella volta non aveva mangiato più né pollo né uova.

Fra le tante galline ne avevo scelto una, la più chiassosa. Aveva le piume nere, l'avevo chiamata Pina, e ne avevo fatto il mio animale da compagnia.

La portavo in giro con una cordicella legata alla gola e lei mi ascoltava, ubbidiva, perché, a dispetto di quanto si possa dire su questi pennuti, le galline possiedono una discreta intelligenza.

Purtroppo un giorno, al ritorno da scuola, la trovai a tavola servita con le patate.

«Era vecchia e non produceva più uova», si era giustificata mia madre, ma io ero andata a piangere in camera e non avevo voluto mangiarla.

Camilla aveva brevettato un suo sistema per giustiziare le pollastre. Le rincorreva su e giù per le scale finché non riusciva ad acchiapparne una, la più lenta. La prendeva per le zampe, poi si sedeva sui gradini tenendola stretta fra le gambe.

Con un coltellaccio da cucina, le segava lentamente il collo facendola starnazzare dal dolore fino a farla morire dissanguata.

«Perché la uccidi così?» la rimproveravo io, «non bisogna farle soffrire, bisogna sgozzarle di colpo, come fa l'operaio di mio padre.»

«Se sei più brava ammazzala tu», rispondeva lei, ma io non avrei mai ucciso un animale e, quando sua madre le ordinava di farne fuori una, andavo via di corsa.

Alle casette, gli animali da cortile, come oche, galline, pulcini, e pavoni, giravano indisturbati, senza che nessuno ne rivendicasse la proprietà, almeno in apparenza, forse era un allevamento comune.

Ritornando alla mia casa, dal piano terra tramite una scala di pietra si accedeva agli alloggi privati. Noi occupavamo quello più grande mentre l'altro era abitato dal vice capostazione tale Regideo, soprannominato da mia sorella Lucia *"Lecon partitif"* per via di questa locuzione che usava come un intercalare.

La porta d'ingresso era in legno con all'interno un chiavistello che mio padre, la sera, chiudeva a doppia mandata. L'entrata era un corridoio buio, sulla sinistra c'era una grande cucina con un massiccio tavolo di marmo sul quale studiavamo e giocavamo. E pranzavamo.

All'ora di pranzo, la disposizione a tavola era la seguente: mio padre ovviamente a capotavola, Lilly alla sua sinistra ed io alla destra, come Giuda, Gep e Lucia, sempre a destra e sinistra, in fondo mia madre.

Giulia non mangiava, quindi non aveva diritto a un posto a tavola.

E poi era la serva.

Durante i pasti Giulia rassettava casa e solo quando mio padre andava a riposare, era ammessa in cucina.

«Signo'», diceva quando sparecchiava, «da sotto il tavolo arriva un odoraccio nauseabondo.»

«Fammi la cortesia», rispondeva mia madre, «tu che non sei tanto alta, pulisci bene con la candeggina.»

Giulia, paziente come sempre, si abbassava appena sotto il tavolo e grattava tutto il formaggio che Gep ci aveva attaccato.

Mio padre adorava concludere i pranzi con un dessert di formaggi, diceva che era un'usanza del Nord, infatti aveva fatto suo un detto milanese: *«la bocca non è stracca se non sa di vacca.»*

Quindi, dopo i pasti, ci rifilava un pezzo di formaggio a testa, vantandone le qualità, sia a livello nutrizionale che di gusto.

Lucia odiava il caciocavallo, ma nessuno di noi avrebbe mai mangiato il gorgonzola per colpa sua.

«Vi racconto come lo producono?» aveva esordito un giorno, «gli allevatori mettono il latte nei loro scarponi da montagna più vecchi e puzzolenti, poi lo lasciano coagulare finché non ammuffisce.»

Noi le credevamo perché sapeva tutto e quando c'era la distribuzione di quella prelibatezza, (seconda nelle preferenze di mio padre solo al formaggio con i vermi), noi passavamo di nascosto la nostra porzione a Gep che, dopo averlo raccolto in un piatto che teneva sulle gambe, lo attaccava sotto al tavolo.

Tornando alla disposizione delle camere della mia casa, a destra dell'ingresso c'era la camera matrimoniale, in fondo lo studio con una grande scrivania con il piano di cristallo, che una volta mia madre aveva frantumato per sbaglio, inseguendo Gep con la scopa.

Sulla sua destra c'era il soggiorno con uno splendido camino, poi la nostra camera e quella di Gep. In fondo c'era il bagno dove viveva il fantasma amico di Lilly, di cui non ricordo il nome.

La stanza di Gep era la più fredda di tutte, infatti mia madre l'aveva soprannominata la *"Siberia"*.

Non che le altre stanze fossero calde.

Quella, oltre a essere la camera di mio fratello, era la nostra dispensa, infatti mia madre conservava ogni sorta di generi alimentari fra cui caciocavallo, frutta e vino. Fra un provolone e uno stoccafisso (che lui odiava a morte), dormiva lui, che non soffriva il freddo.

Adesso ripete: «ho capito perché ho la sinusite e la cervicale, mi facevate dormire al freddo e al gelo.»

Quando a mia madre occorreva qualcosa, diceva a mia sorella: «Lucì, a mamma, vai in Siberia, prendi due teste d'aglio e quattro pomodori. Mi raccomando, metti in testa la sciarpa di Magulita,(questa era un'amica di mia madre che le aveva confezionato la sciarpa).»

Io in Siberia non potevo entrare perché mi sarei ammalata, era la mia stanza proibita, Lilly invece ci sguazzava anche senza lo sciarpone e non le succedeva niente.

Giulia arrivava presto ogni mattina.

Bussava con le nocche delle dita, entrava silenziosa, si toglieva lo scialle e con fare circospetto, chiedeva: «buongiorno, signo', non è che don Remigio è in casa?»

Don Remigio era mio padre.

Il titolo di *"don"* l'aveva guadagnato sia per il ruolo rivestito sia per il suo aspetto serio e austero.

A Giulia faceva soggezione, così mia madre concordava con lei gli orari in modo da non farli mai incontrare.

Mio padre era alto e questo per Giulia era un problema.

Oltretutto quando indossava il cappello assumeva un aspetto ancora più maestoso, giacché Giulia, piuttosto che trovarsi faccia a faccia con lui, avrebbe preferito buttarsi nel burrone.

Tuttavia, nonostante l'abilità di mia madre, a volte capitava di sentire i passi e l'inconfondibile tosse da fumatore di mio padre su per le scale.

Allora Giulia si pietrificava come in un fermo immagine, si appiattiva lungo le pareti, si mimetizzava dietro i mobili e sgattaiolava fuori, furtiva.

Naturalmente prima di uscire si avvolgeva nel suo scialle nero.

Cap. 4

Barile e la Madonna

di Costantinopoli

Chiesa della Madonna di Costantinopoli – Barile (PZ)

Barile è un comune della Basilicata in provincia di Potenza edificato su due colline ai piedi del monte Vulture, vulcano inattivo.

La sua struttura architettonica è elementare, propria degli agglomerati urbani edificati sulle alture.

La sua origine è molto antica. Pare che originariamente fosse un casale di Atella, comune confinante con pochissimi abitanti.

Poi fu colonizzato da colonie greco-albanesi e diviso in nove contrade completamente diverse per tradizioni e cultura.

Proprio questa diversità creava continui screzi fra gli abitanti, cosicché il vescovo di Melfi, altro comune limitrofo molto più importante, abolì i riti greci per mettere fine alle superstizioni.

Tuttavia le antiche tradizioni resistono ancora oggi nel folklore e nel persistere del dialetto albanese parlato dai barilesi nati e cresciuti nel paese.

Noi non siamo originari di Barile, quindi l'albanese non lo conosciamo.

In tutti gli anni vissuti in quel paese, ne ho imparato solo qualche parola.

A scuola, quella lingua era un ostacolo per la socializzazione con i compagni, era come vivere in America e non conoscere l'inglese. Per fortuna le maestre parlavano in italiano e con quello ero più avvantaggiata io.

Avrei potuto studiarlo, ma mia madre per noi preferiva il latino e il greco, o al massimo il francese e l'inglese.

Ricordo che quando scendevo le gradinate che dalla stazione portavano al paese, c'era sempre qualcuno che, vedendomi, chiedeva a qualcun altro: *«cuscist?»* e quel qualcun altro rispondeva: *«ist abigl capstaziont.»*

Facile da tradurre, io ero la figlia del capostazione, una forestiera.

E la mia fortuna era proprio quella, infatti, rispetto alle altre ragazze del paese ero più libera.

Sicuramente non potevo entrare nei bar o fermarmi a chiacchierare con i maschi, ma per esempio potevo portare i pantaloni, che per l'epoca, erano uno scandalo.

Poi, fortunatamente, mio padre, avendo viaggiato e studiato molto, era di mentalità più aperta.

L'origine del nome di Barile è incerta, non si sa se derivi dal termine che indicava i dazi imposti sulle greggi o dai contenitori di legno dove si conserva il vino, simbolo dello stemma del paese.

Dalla domenica al martedì di Pentecoste a Barile si festeggia la Madonna di Costantinopoli, patrona del Comune, in onore della quale è stata eretta una chiesa che sorge a poca distanza dal centro abitato.

Sul ritrovamento dell'effige della Madonna si narrano diverse leggende.

Una racconta di un gruppo di albanesi guidato dal condottiero *Scanderberg* che dopo aver lottato contro i turchi, si era rifugiato a Barile portando con sé l'unica icona religiosa che, nella fuga, era riuscito a salvare, appunto quella della Madonna di Costantinopoli.

Un'altra di due incalliti giocatori di carte che, rifugiatisi dalla pioggia in una grotta, avevano finito per litigare. Durante l'alterco, uno dei due aveva lanciato un pugnale che aveva colpito l'effige della Madonna, abbandonata in un angolo.

Da quell'immagine era schizzato fuori sangue vivo e i giocatori erano usciti dalla grotta gridando al miracolo.

Il popolo di Barile, accorso sul posto, aveva edificato un Santuario in suo onore e da allora aveva iniziato a venerare quel simulacro.

In quei giorni di festa, gli abitanti di Barile e dei paesi confinanti si recano in pellegrinaggio nella chiesa, per ripetere i riti del: *"Comparizio della Spina"* e del *"Compare di quercia"*.

Ed ogni anno, anch'io e Caterina ripetevamo quei cerimoniali che ci avrebbero legate per sempre.

Invece un brutto giorno, nel recarmi da lei, vidi un grosso furgone parcheggiato davanti a casa sua.

Caterina abitava in una grotta dello Sheshe con tre sorelle maggiori e i genitori che lavoravano i campi dalla mattina alla sera.

Vivevano in condizioni d'indigenza ma andavano avanti con fierezza.

La stessa con cui vive il popolo lucano, nonostante la delusione di essere sempre stato lasciato fermo al nastro di partenza, senza pretendere, senza ribellarsi, rassegnato a veder emigrare i propri figli.

Dal furgone scesero due uomini muscolosi che in poco tempo caricarono mobili e masserizie della casa di Camilla.

Non capii, o non volli capire.

La mia amica uscì sulla porta con un grosso cesto colmo di panni.

I nostri sguardi s'incrociarono.

«Stiamo emigrando», disse intercettando il mio sbigottimento.

Ingoiai a fatica quel boccone amaro.

Non riuscii a profferire parola, ma l'espressione di speranza sul viso di Caterina mi rallegrò.

«Che significa che state emigrando?» chiesi, come non ne conoscessi il significato.

Lei rispose: «andiamo via, qui non c'è lavoro, non c'è futuro, solo sacrifici e miseria. Lo sai bene anche tu.»

«E la casa, la terra, i parenti, gli amici?» azzardai.

«Andiamo da mia zia a Vigevano, vicino Milano. Ha trovato una casa per noi e un lavoro per mio padre, poi la città non è così lontana da Barile, potremo vederci ancora», rispose lei.

Ci abbracciammo forte.

«Non scordarmi mai», dissi.

«Se ti scrivo che mi manchi invece tu non ridere», rispose lei e partì sul quel furgone carico di sogni e speranze lasciandomi da sola, con il mio ennesimo lutto da elaborare.

Ognuno ammucchia dentro di sé delle perdite. Io ne ho accumulate talmente tante da dovermi abituare a un gelido deserto.

Restai come un'ebete a guardare la strada resa polverosa dal passaggio del mezzo, soffrendo come l'avessi vista morire.

La mia mente aveva operato un parallelo istantaneo equiparando l'emigrazione alla morte.

Forse non l'avrei più rivista. O forse l'avrei rincontrata, ma non sarebbe stata mia più la stessa.

Le persone negli anni cambiano.

Il sole cocente aveva fatto seccare le piante di basilico davanti alla sua casa.

Quella povera casa creata in una grotta di tufo dove avevamo passato interi pomeriggi.

Dove appesi alle travi del soffitto pendevano dei grappoli di uva passa che mi faceva impazzire.

In quel momento compresi la tragedia dell'emigrazione che giorno dopo giorno stava spopolando Barile.

«Cos'hai?» chiese mia madre vedendomi entrare in quello stato.

«Camilla se n'è andata per sempre», risposi.

«Non è morta. Poi troverai altre amiche», rispose mia madre che l'accostamento fra l'emigrazione e la morte non credo l'abbia mai fatto.

Cap. 5

Giulia la serva

Giulia è stata una presenza costante nella mia vita, dall'infanzia all'adolescenza.

Di lei non ricordo i lineamenti del viso, ma solo la tristezza dei suoi occhi e la dolcezza del sorriso sdentato.

Giulia è stata uno di quegli esseri che ci passano accanto per arricchirci, per donare senza chiedere, né lamentarsi mai, fragile e forte nello stesso tempo.

Ricordo ancora il giorno in cui si era presentata alla nostra porta per offrirsi al nostro servizio. Era un pomeriggio d'inverno, c'era vento e faceva freddo, io e i miei fratelli eravamo davanti al camino.

Qualcuno stava bussando in modo insistente, ma noi fingevamo di non sentire, finché Gep spazientito aveva chiesto in modo retorico: «bussano?»

«No, no, sarà il soffio del vento», aveva risposto Lucia, «oppure qualche fantasma che gratta il pavimento per entrare in casa, d'altronde viviamo su un cimitero.»

Intorno alla nostra casa aleggiava una leggenda, si diceva che fosse stata costruita sulle rovine di una chiesa dedicata ai santi Pietro e Paolo e che nelle fondamenta ci fossero sepolti frati e suore e centinaia di morti ammazzati.

Sicuramente la prima parte della storia doveva avere un fondo di verità perché nella ricorrenza dei due santi, i barilesi portavano le statue che li raffiguravano in processione, proprio alla stazione. Mia madre, seppur di malavoglia, stendeva coperte di raso alle finestre e allestiva un rudimentale altare sotto le scale.

«Fantasma?» chiesi, tornando all'argomento introdotto da Lucia, perché bastava un accenno all'aldilà per spaventarmi, ma lei era troppo impegnata per rispondere e non aggiunse altro.

Mi guardai intorno, ma i miei fratelli non sembravano per niente preoccupati. Porsi l'orecchio in maniera più attenta, e mi resi conto che in effetti il vento era talmente violento da far battere le persiane contro i vetri.

Sì, sarà il vento, pensai.

Era novembre e quel pomeriggio faceva più freddo del solito.

Noi oziavamo davanti al camino mentre mio padre era in ufficio e mia madre stava bollendo le castagne, come intuivo dal profumo dell'alloro.

Lilly cantava cercando di superare i trilli acuti del Nibbio che volteggiava fra i rami degli alberi stecchiti.

«Ci sono cavalli qui intorno?» chiesi, dato che quel verso somigliava a un nitrito.

«Non dire cavolate», rispose Lilly, «è il Nibbio, papà te l'ha detto un milione di volte.»

Si sentì ancora il rumore del batacchio contro la porta.

Non aspettavamo nessuno, anzi, stavamo in santa pace e non volevamo seccatori.

Un altro ticchettio, questa volta più forte, ci fece sobbalzare.

«Chi sarà?» gridò mia madre dalla cucina come se potessimo indovinarlo, poi aggiunse: «Lucì, vai a vedere tu, a mamma.»

Con quell'espressione riusciva sempre a farle fare ciò che le chiedeva.

Lucia stava facendo l'orlo a una tovaglia e non aveva nessuna voglia di alzarsi, quindi guardò Gep che, immerso nella lettura, la ignorò.

Che andassi io era fuori discussione, ero infreddolita e cercavo di scaldarmi avvolta in una coperta di lana cruda che mi pungeva la pelle nonostante fossi vestita. Lilly, anche se non aveva freddo, non ci pensava proprio a smettere di cantare, allora di malavoglia mia madre decise che sarebbe andata lei.

«Tanto lo sapevo che dovevo aprire io» disse fra sé, a voce talmente alta che era chiaro volesse farcelo pesare.

La persona che aveva bussato non parlava con l'accento albanese come gli abitanti del paese, ma aveva una strana cadenza dialettale che non avevamo mai sentito.

Ovviamente ci alzammo tutti per andare a curiosare.

«Non siete più impegnati ora? Mi avete fatto smettere di correggere i compiti e poi arrivate tutti», disse mia madre indispettita.

Sulla porta c'era una donnina avvolta in uno scialle nero che si proponeva a servizio nella nostra casa.

Di sicuro l'aveva indirizzata da noi il prete della parrocchia vicina, mia madre era un'insegnante e con quattro figli avrebbe avuto sicuramente bisogno di un aiuto.

Da poco c'eravamo trasferiti a Barile da Avigliano, dove ero nata io e la nostra tata non riusciva più a fare la spola fra i due comuni.

Mia madre la studiò in silenzio e considerò che fosse arrivata proprio nel momento giusto ma, sospettosa come il solito chiese: «non ti ho mai visto in paese, chi sei?»

«Sono Giulia, abito alle casette, non vado mai in paese è troppo lontano, ci va Leonardo, mio marito», rispose lei.

A mia madre non bastavano quelle informazioni sommarie, pretendeva un'identificazione completa oltre alle notizie sulle sue origini, per cui incalzò: «sì ma chi sei, Giulia chi?»

«Giulia la serva», aggiunse lei.

E *"la serva"*, non era il cognome.

Il concetto di serva, nella mentalità di mia madre e nell'opinione comune degli anni sessanta, era assimilabile a quello di un robot, senza nulla di umano, senza diritti, senza anima né sentimenti.

Come gli schiavi neri d'America.

E a mia madre che aveva quattro figli, un lavoro e un marito impegnativo, non sembrò vero aver trovato una serva senza fare il benché minimo sforzo, per cui colse la palla al balzo e disse: «va bene, puoi iniziare domani mattina, per la paga poi ci accordiamo.»

Giulia ringraziò con un cenno della testa e chiese in maniera più umile: «non è che avreste un lavoro pure per Leonardo? è un uomo di fatica.»

«Chiedo a mio marito, forse potrà farlo lavorare come operaio in ferrovia, lui è capostazione assuntore», disse e la congedò.

Anche a Giulia non sembrò vero aver trovato due lavori con una richiesta sola, ma si sa, la fortuna aiuta gli audaci.

Dopo pochi minuti salì mio padre che, fra il passaggio di un treno e l'altro, riusciva a bere un goccio di caffè che mia madre lasciava sul tavolo, in un bricco di alluminio.

Già zuccherato.

«Remì», disse mia madre, «si è presentata una che vuole lavorare in casa nostra, a noi serve una tata e una domestica. Anche suo marito è disoccupato, ma pare sia un uomo volenteroso, magari potresti assumerlo in ferrovia.»

«Sai che non voglio estranei in casa», rispose mio padre sapendo che non sarebbe mai riuscito a rifiutarle qualcosa, si accese un'altra sigaretta e sparì dietro la porta dicendo che ci avrebbe pensato.

E fu così che dalla mattina dopo Giulia diventò la nostra tata e domestica a tempo pieno, mentre Leonardo fu assunto come facchino e portantino.

Giulia era una donna minuta, dall'età indefinibile anche se, per via del suo aspetto trasandato, dimostrava sicuramente più anni rispetto alla sua età.

A noi è apparsa vecchia fin dal primo giorno e così è rimasta fino all'ultimo. Tuttavia era molto agile e forte, quasi instancabile.

Portava maglioni larghi, gonne che arrivavano alle caviglie e scarpe da montagna anche in piena estate.

Io e Lilly passavamo interi pomeriggi in sua compagnia mentre mio padre faceva turni massacranti e mia madre correggeva i compiti sul marmo del tavolo della cucina.

Geppino e Lucia studiavano tutto il tempo ognuno nella propria camera, Lilly parlava per ore col suo immaginario amico fantasma ed io, rimasta sola, facevo i capricci.

Allora mia madre si spazientiva, chiamava Giulia e le ordinava di farmi addormentare, qualsiasi ora fosse.

L'ordine dato da mia madre suonava come una minaccia, si capiva dal tono.

«Giuliaaa… falla dormire!» urlava.

Allora lei smetteva le faccende domestiche, riponeva il grembiule e dopo essersi seduta, mi faceva accoccolare nella sua gonna e iniziava a dondolarsi con foga.

Cap. 6

la casa di Giulia

Giulia abitava in cima all'ultima rampa di scale delle Casette. La posizione era la migliore perché non aveva nessuna costruzione davanti e si affacciava su un prato ricco di alberi da frutto. Era rivolta verso Sud per cui era esposta tutto il giorno al sole.

Era una minuscola costruzione terra-cielo di colore verde, diversa dalle altre che erano rosa, ed aveva il tetto spiovente per via delle frequenti nevicate.

Davanti alla casa c'era un cortiletto recintato.

Si entrava direttamente in una cucina senza finestre, sulla sinistra c'era un bagnetto col solo wc e di fronte una camera con un balcone.

Questa era occupata quasi interamente da un letto matrimoniale che Giulia teneva sempre in ordine, ma era così alto che occorreva una scala per salirci, tant'è che lo spazio sottostante faceva da dispensa.

In grandi valigie era conservato di tutto, specie una gran varietà di dolciumi di cui Giulia andava matta, infatti mia madre l'aveva soprannominata *"Zuccarella"*.

Di fianco al balcone c'era un bellissimo salottino di vimini che mia madre le aveva venduto per 5.000 lire.

Era il suo vanto perché più che un salotto era una conquista sociale. Nessun abitante delle casette ne possedeva uno, anzi, non l'avevamo più nemmeno noi.

«Solleva polvere», diceva mia madre, e intendeva dire che di per sé la generava al pari di tende e tappeti.

Invece di polvere quel salotto non ne produceva neanche l'ombra perché Giulia lo spolverava di continuo.

«Non vi sedete sui divani perché si sciupano», diceva, e noi ci accoccolavamo sulle sue sedie sgangherate di legno e paglia ad ascoltare i suoi racconti, non prima di aver accettato uno dei suoi gustosi lecca-lecca.

«Quand'ero giovane», esordiva, «ero alta e snella con lunghi capelli biondi e occhi azzurri…»

Lilly ed io fingevamo di crederle per farla contenta e ci scambiavamo occhiate d'intesa.

Poi continuava: «non sono di Barile, ma di Gioia del Colle in provincia di Bari. Da ragazza vivevo nel bellissimo castello normanno della città, protetto da quattro draghi. Mio padre, il marchese Orazio De Luca, voleva farmi sposare un principe che frequentava la corte, ma io non volevo perché ero innamorata del giardiniere che di notte cantava sotto le mie finestre. Era un amore impossibile perché non potevamo mai incontrarci, ma una volta mi sciolsi i capelli e lo feci arrampicare ed entrare nella mia stanza come nella favola di "Raperonzolo". Purtroppo mio padre ci scoprì e mi fece rinchiudere nella torre dell'imperatrice.»

Giulia era talmente brava a raccontare quelle storie che sembravano fossero vere, infatti io e Lilly le credevamo.

Dopo un po' continuava: «Leonardo non si arrese e ogni notte tornò sotto la finestra della torre dalla quale io lo lasciavo salire, facendolo aggrappare alle mie trecce bionde. Ma le guardie reali lo riferirono a mio padre che mi bandì per sempre dal castello, togliendomi il titolo di principessa.»

«Accipicchia Giulia, hai preferito Leonardo a un principe?» chiedeva Lilly.

E lei, saggia come nessuno, rispondeva che i soldi non fanno la felicità e che non bisogna farsi incantare dai beni materiali.

La casa di Giulia era incredibile, a metà strada fra l'antro di una strega e il castello di una fata.

Nell'entrare colpiva un odore di muffa e di stantio, ma poi una fragranza di caramello e nocciole superava le altre esalazioni.

Era sempre al buio.

Qua e là qualche mozzicone di candela.

Non aveva acqua corrente, né riscaldamento e probabilmente neanche elettricità.

A volte, entrando a occhi chiusi, immaginavo di essermi avventurata nell'ossario del cimitero del paese, un posto orribile.

Giulia in quell'ossario non aveva nessun defunto, eppure mi ci portava sempre, diceva che era un posto che faceva meditare.

«Io non voglio meditare!» protestavo per la paura.

La mia resistenza era inutile.

Lilly non aveva paura, anzi pare che il suo amico fantasma l'avesse conosciuto proprio lì.

Situato al centro del cimitero, l'ossario era una piccola costruzione in muratura con una porta bassa, sembrava la casetta delle bambole, ma non così romantica. Fra l'altro era alta soltanto un metro e mezzo, con il perimetro di un metro quadrato. In realtà non era così piccola, quella era solo la cupola fuori terra di un pozzo molto profondo, diramato alla base in diversi cunicoli bui e inquietanti.

La porta d'ingresso aveva una serratura la cui chiave era custodita dal guardiano del cimitero. Quando si oltrepassava quella porta, ci si ritrovava su di un pianerottolo dal quale partiva una ripida gradinata.

Non c'era luce artificiale né naturale. Bisognava scendere un'infinità di gradini storti, consunti e scivolosi per arrivare in fondo. In sostanza era un cratere scavato nella roccia calcarea, simile a una foiba.

Dato che scendendo bisognava fare attenzione, tenevamo sempre la testa bassa. Soltanto quando si arrivava in fondo, nel sollevare gli occhi, ci si rendeva conto di dove si fosse capitati. Era un buco oscuro e profondo, ovviamente senza finestre e dal pavimento l'uscita, in cima alla gradinata, sembrava irraggiungibile.

Le pareti erano tappezzate da file di lumini e incisioni sulla pietra con un nome e una data, senza nessuna fotografia.

«Non voglio scendere!» urlavo cercando di divincolarmi dalla stretta di Giulia.

Lei non mi dava retta.

Lilly rideva, anzi cantava.

«Giuliaaa… perché mi hai portato qui?»

«Per meditare, te l'ho detto», insisteva lei.

Ecco cos'era Giulia, un concentrato di filosofia spicciola.

Ritornando alla sua casa, a parte il letto e il salotto, il resto era un guazzabuglio, c'era di tutto: una cassapanca, uno specchio rotto, giornali, lampade, pomodori secchi, un carretto siciliano, un tavolino quadrato, un fornello a gas.

E una bottiglia di vino mezza vuota, tormento di Giulia.

Mio padre è quello al centro, col cappello da capostazione, Leonardo è quello a destra, con la coppola – Barile (PZ)

Cap. 7

Leonardo e la Via Crucis

Il Malco – processione vivente del venerdì santo -Barile (PZ)

Leonardo lo ricordo bene, sempre vecchio come se giovane non fosse stato mai, alto, magro, trasandato ma allegro.

Spesso cantava canzoni d'amore per la sua Giulietta, una in particolare: «o mia bella amora no non mi lasciare, non mi devi rovinare o no, no, no, no, no… »

I suoi occhi azzurri brillavano, così come i denti bianchissimi che contrastavano con la pelle scura incartapecorita dal sole.

Gli piacevano la carne cruda e il pesce vivo, quindi dovevamo stare attenti che non mangiasse i pesciolini rossi della vasca del giardino.

«Il pesce più grosso mangia quello più piccolo», diceva ridendo.

«Guarda che io sono uno squalo», lo ammoniva Gep.

Lui era stato nominato portantino ufficiale della stazione, mio padre gli aveva dato una vecchia carretta di legno su cui trasportava pacchi e valigie dei passeggeri in cambio di pochi spiccioli e quotidianamente la spesa che mia madre faceva in paese.

Inoltre, quando a mia sorella Lilly partiva l'embolo e scappava da casa per esplorare il mondo, lui andava a cercarla, e quando la ritrovava, la riportava a casa trionfante proprio sul carretto come Giulio Cesare al ritorno dalle sue conquiste.

Purtroppo gli piaceva troppo il vino *Aglianico* di Barile che vendeva anche il papà di Rocco e a nulla valevano le mille attenzioni di Giulia che lo seguiva come un'ombra.

«Signò», diceva a mia madre, «non date i soldi a mio marito sennò quello si compra il vino.»

Sul più bello infatti Leonardo usciva dal bar di Rocco ubriaco fradicio e saltellando cantava: «mi sun alpin, me pias il vin. »

Felice di aver bevuto e più di tutto per aver beffato Giulia.

Per noi era uno spasso invece lei si arrabbiava da morire, diventava scura in volto e diceva: «signo', devo andare.»

Poi si avvolgeva nel suo scialle nero e scendeva a raccattare il marito. Lo afferrava per la manica della giacca e iniziava a trainarlo, sembrava una formica che trascina un bacarozzo morto, solo che Leonardo era vivo e vegeto, e cercava di divincolarsi dalla presa sbraitando: «lasciami al mio destino, donna».

Giulia si vergognava di quelle scene e diventava ancora più piccola.

Suo marito era irrequieto e capriccioso e quando decideva di fare qualcosa nessuno riusciva a fargli cambiare idea.

Una volta si era messo in testa di partecipare alla Via Crucis del Venerdì Santo che si svolge ogni anno a Barile già dal diciassettesimo secolo, una delle più antiche e spettacolari processioni di personaggi viventi del Sud.

Alla sua organizzazione partecipa tutto il paese, ciascuno secondo le proprie possibilità. Mio padre, ad esempio, date le sue elevate qualità artistiche, era addetto al trucco di Gesù.

Ricordo che il venerdì santo si alzava presto per truccare quello che avrebbe rappresentato Gesù.

Quando la folla lo vedeva passare, esultava per la perfezione del trucco e l'abilità del truccatore, che era stato capace di riprodurre in maniera fedele i segni delle torture e dei supplizi subiti.

Le ore della preparazione della Via Crucis erano le più frenetiche, ci sentivamo tutti pieni di adrenalina.

Il Venerdì santo però faceva sempre un freddo pazzesco, non pioveva, ma c'era un vento di tramontana che tagliava le orecchie.

Quell'anno il progetto di Leonardo era ambizioso, voleva impersonare addirittura la figura di Cristo.

Nel corteo sacro, la sua figura è rappresentata in tre modi, Cristo con la colonna, per ricordare quando Gesù fu legato a una colonna per essere frustato: Cristo con la canna, che rappresenta il momento in cui gli fu data una canna come scettro e Cristo con la croce.

I primi due personaggi hanno il volto coperto da un lenzuolo, per non essere riconosciuti, mentre il Cristo con la croce ha il volto scoperto.

«Quest'anno voglio rappresentarlo io il Cristo», disse entrando in casa mia, subito dopo pranzo.

Quel giorno Giulia era eccezionalmente presente in cucina e l'affermazione di suo marito la lasciò basita.

«Se ne inventa sempre una», disse sparecchiando.

Mio padre, con inaspettata calma, gli rispose: «lascia stare, non è roba per te, è troppo faticoso, per rappresentare Cristo non solo devi digiunare una settimana per apparire sofferente, ma non puoi bere neanche un goccio di vino. Poi non hai più l'età.»

«Don Remigio vi sbagliate, se mi truccate bene, posso anche dimostrare trentatré anni, ho il fisico asciutto e non ho nemmeno la pancia», rispose lui.

«Non puoi, lo vuoi capire? ci vuole un ragazzo giovane, con i capelli lunghi», gridò Giulia esasperata dalla sua insistenza.

«Allora voglio rappresentare un Centurione», continuò suo marito.

«Ti rendi conto che ci vogliono polmoni forti per suonare?» rispose mio padre.

«I miei polmoni sono fortissimi, non ho mai fumato neanche una sigaretta!» disse Leonardo.

Coloro che rappresentano i Centurioni sono scelti fra i ragazzi più belli e aitanti del paese. Il venerdì santo si travestono, montano a cavallo e dalla mattina presto girano il paese suonando la tromba.

«Tu non sei né giovane, né alto, né muscoloso», disse mio padre, «e poi non sai nemmeno suonare.»

«Don Remigio adesso mi offendete», rispose Leonardo: «poi nessuno conosce la musica, sapete bene che ripetono le stesse note da secoli!»

«E come la mettiamo col fatto che devi montare un cavallo, non un asino, ma un cavallo Frisone o uno Shire», gli gridò mio padre che stava per perdere la pazienza.

«Remì», intervenne mia madre per salvare la situazione, «se vuole rappresentare Cristo, può travestirsi da Cristo con la colonna o con la canna, sempre Cristo è!»

Il nostro facchino non ne voleva sapere di rappresentare un personaggio minore, diceva che sarebbe riuscito a camminare scalzo per tutto il tragitto e a portare la catena alla caviglia e pure la croce, tanto l'avrebbe aiutato il Cireneo che era lì a posta.

Eravamo ancora tutti in cucina ad ascoltare le sue richieste deliranti, quando a Gep venne un'idea.

Nella rappresentazione c'è un personaggio inventato dalla tradizione popolare, il Malco, completamente coperto da un lenzuolo e legato con una corda, rappresenta colui che schiaffeggiò Gesù, per cui è dannato a vita ed è costretto a fustigarsi di continuo e a girare senza meta.

E lui, essendo un tipo irrequieto, andava benissimo per impersonarlo.

«Pa'», disse mio fratello, «convincilo, così è tutto coperto e non si riconosce e poi può girare e fare il matto e fingere di frustare la gente e mettere paura a tutti.»

«Il Malco non mi piace. Non voglio rappresentare un nemico di Cristo», rispose Leonardo.

«È pentito!» rispose Gep.

«Voglio fare un personaggio importante e buono, non cattivo.»

«Allora puoi rappresentare il Moro!» disse Lucia.

«Non ho mai capito che c'entra un negro nel corteo...» disse mia madre.

«Probabilmente rappresenta il popolo turco che nel 1400 minacciò l'Albania causando la fuga di molti cittadini, alcuni dei quali hanno popolato Barile», rispose mio padre.

«Un altro nemico!» disse Leonardo.

«Però il Moro è simpatico alla gente, distribuisce ceci e confetti, passando un pallone a un ragazzino che come lui ha la faccia annerita dal carboncino... e per non patire il freddo, può bere anche qualche bicchiere di vino, proprio come il Malco...» disse mio padre.

«Il Malco può bere il vino?» chiese lui.

«Ti ho detto di sì», rispose mio padre.

Credo che questa sua ultima affermazione abbia convinto Leonardo a rappresentare quel personaggio, e da quel momento si preparò seriamente al ruolo, bevendo ogni giorno almeno un bicchiere di "*Aglianico*".

«Ricordati che devi solo fingere di frustare le persone del pubblico, perché in realtà dovresti fustigare te stesso...» disse mia madre, poi aggiunse: «e non fare stupidaggini che ti arrestano.»

Il giorno del Venerdì Santo, Giulia non venne a lavorare, doveva aiutare Leonardo a travestirsi, la cosa più difficile fu fargli indossare gli scarponi al contrario.

Purtroppo, nonostante si fosse esercitato, non riusciva a camminare, infatti durante la sfilata rischiò più volte di cadere.

Mia madre, già da qualche giorno, aveva iniziato a tirare fuori dalla cassaforte gli ori di famiglia per prestarli a quella che avrebbe impersonato la zingara.

Quella, che rappresenta colei che fornì i chiodi per crocifiggere Gesù, è l'unica che sorride in modo beffardo durante tutto il tragitto e cammina ancheggiando affiancata da una zingarella.

Finalmente il venerdì santo di quell'anno, dopo l'arrivo di centinaia di persone provenienti dai paesi confinanti, iniziò la processione.

Per un giorno come per magia, Barile divenne la Terra Santa, per far rivivere la tragedia della crocifissione, con una rappresentazione che non ha eguali nel Sud.

L'ambientazione è molto simile ai luoghi sacri della natività, un territorio rimasto congelato dalla storia, tant'è vero che anche il regista Pasolini, nel 1964, aveva scelto Barile, oltre che Matera, per girare il film, il *"Vangelo secondo Matteo"*, il film più rappresentativo della sua vita.

Il regista aveva cercato luoghi misteriosi e affascinanti rimasti immobili nel tempo come teatro per la sua rappresentazione.

Aveva visto delle foto della Via Cruscis di Barile e gli erano rimaste impresse sia le immagini dei luoghi che i volti degli abitanti.

Per rappresentare le scene più importanti del film, aveva scelto le grotte dello Sheshe scavate nella roccia, quelle che, dopo essere state il rifugio dei briganti, sono diventate abitazioni dei barilesi ed oggi sono adibite a cantine e depositi.

Fu proprio quello spettacolare scenario che fece conoscere la Lucania a livello internazionale.

Pasolini girò le scene del film nel 1964 e come attori scelse, oltre che i suoi amici e sua madre (che rappresentava la madonna anziana), gente del posto che incontrava per strada o nei bar che frequentava.

Prima di iniziare le riprese, si era a lungo confrontato con mio padre per concordare il trasporto dei costumi di scena e dei cavalli su treni merci o carri bestiame, offrendogli anche la possibilità di far parte del cast.

Mio padre aveva declinato l'offerta perché aveva trovato il regista troppo trasgressivo e anticonformista, non in linea col suo modo di pensare.

Anzi, aveva celato quella proposta a tutta la famiglia.

Eppure il "Vangelo secondo Matteo" è stato un successo ed ha vinto diversi premi e, dalla produzione del film, l'area è stata salvata dal degrado, per diventare un parco urbano in cui si custodisce il vino *Aglianico*, definito il *"Barolo del Sud"*.

Nelle grotte Pasolini girò quattro delle scene più importanti del film: la natività, l'adorazione dei Magi, la strage degli innocenti e la fuga in Egitto.

Per la scena della natività dovette accontentarsi di una femmina perché non c'era nessun nuovo nato maschio, ma non se ne accorse nessuno.

Il film fece scandalo per aver trattato in maniera antidogmatica la questione, e Pasolini venne accusato di vilipendio alla religione cattolica.

«Lo sapevo che l'avrebbero criticato», disse mio padre, «vedi che ho fatto bene a tenerlo lontano? secondo me adesso lo scomunicano.»

Mia madre era atea e il lavoro le sembrava ben fatto.

«Remì», disse lei, «finalmente è stato prodotto un film con una figura di Cristo più umana e della gente più vera.»

Pasolini affermava: *«è nell'umiltà che va ricercata l'autenticità»*, e sceglieva gli attori fra i più poveri e diseredati perché potessero meglio interpretare la sofferenza dei palestinesi.

Era un giorno di maggio di quello stesso anno quando, eluso il controllo dei miei e di Giulia, decisi di andare a trovare Caterina che, prima che emigrasse con tutta la famiglia, abitava in una grotta dello Sheshe.

Questo quartiere, che in albanese significa "piazza", è uno dei pochi esempi di archeologia rurale, un museo della memoria storica.

Mio padre non voleva che frequentassi quel posto e soprattutto, nessuno mi aveva informato che quel luogo fosse stato scelto da Pasolini per girare il suo film.

Percorsi la strada di corsa, come ogni volta, e come sempre trascinai con me Lilly.

Arrivate nei pressi dello Sheshe sentimmo dei colpi di arma da fuoco.

«Che succede, chi sta sparando?» chiese Lilly terrorizzata.

«Non preoccuparti, sono i cacciatori che sparano nelle campagne, sono lontani, anche se i colpi rimbombano fin qui», risposi io cercando di convincermi che fosse così.

Rallentammo la corsa perché i rumori degli spari si facevano sempre più vicini.

Lilly mi stringeva la mano, ma io impavida andavo avanti per cercare di capire cosa stesse succedendo.

All'improvviso ci trovammo davanti una scena di guerriglia urbana.

Un fumo nero aveva invaso tutta l'area che ci circondava, non si riusciva a vedere niente. Oltre al rumore di proiettili si sentivano gli zoccoli dei cavalli che trottavano da una parte all'altra come impazziti.

«Ci sono dei cavalli grandissimi», disse Lilly, «adesso ci vengono addosso e ci ammazzano, vedi come corrono, voglio mamma!»

Ci fermammo a guardare la scena.

I soldati sui cavalli inseguivano madri disperate che avevano in braccio dei bambini.

I guerrieri raggiungevano le donne, le ferivano, strappavano loro di braccia i neonati e li trafiggevano con le spade.

C'era sangue dappertutto e nuvoloni di polvere.

Le donne urlavano, chiedevano pietà, piangevano.

Però stranamente noi sembravamo essere diventate invisibili.

Una donna completamente coperta di sangue che sembrava morta, si era rialzata e stava ridendo con un'altra donna altrettanto insanguinata.

Strano che ridessero, erano appena state uccise ed erano stati ammazzati anche i loro bambini!

Ero paralizzata dal terrore, avrebbero fatto fuori anche noi. E la colpa sarebbe stata tutta mia, com'era stata mia l'idea di uscire da sole.

Poi, all'improvviso, due mani possenti mi sollevarono da terra, erano quelle di mio padre.

Senza dire una parola ci prese per mano e ci trascinò via di corsa.

Quando arrivammo a casa, ci sgridò per essere uscite da sole e solo più tardi ci spiegò che eravamo capitate nel mezzo della scena della "strage degli innocenti" che stava girando Pasolini e che era tutto finto, sia il sangue che le armi e che i neonati erano bambole di pezza.

Cap. 8

Camilla Cova

Alle casette ci abitava pure la mia amica Camilla Cova.

Non so dove vivesse prima, l'avevo vista la prima volta un pomeriggio d'inverno in cui, neanche a dirlo, stava nevicando. Mentre tornavo a casa, avevo notato un ammasso di vecchi mobili sull'orlo del burrone di fianco a casa di Rocco e, seduta elegantemente su un comò c'era lei.

Ero vestita con giubbotto e pantaloni pesanti e lo sciarpone di *"Magulita"* mi copriva testa, collo e parte del viso. Lei invece era semplicemente avvolta in una coperta che le lasciava scoperti i riccioli biondi già intrisi di un leggero strato di neve.

Mi ero avvicinata per capire cosa stesse facendo su quelle masserizie, sballottata dalle sferzate del vento, livida per il freddo.

«Non hai nient'altro per coprirti?» chiesi.

«Sto bene, non ho mica freddo», rispose lei, «sta nevicando, e quando nevica ci sono solo zero gradi, non siamo sotto zero.»

«È zero la temperatura di congelamento», le feci notare io.

I suoi genitori non c'erano, lei era lì a guardia dei mobili, in attesa di una casa.

Mi sembrava impossibile che dovesse rischiare di morire assiderata, quale genitore lascerebbe una ragazzina in quelle condizioni?

«Vuoi venire a casa mia?» chiesi, anche se non sapevo se mia madre mi avrebbe permesso di farla entrare.

«Vuoi scherzare?» rispose, «sono una ragazza illibata e da voi ci sono due uomini. Oltretutto devo fare la guardia ai mobili intanto che i miei sono andati dal sindaco perché ci ha sfrattato.»

Corsi a casa a parlare con mio padre perché intercedesse col sindaco per darle una casa subito, una nottata sotto quel gelo l'avrebbe fatta morire assiderata.

«Papà, hai visto quella famiglia di sfrattati? c'è una ragazza che sta congelando», gli dissi entrando in ufficio come una furia, «pensi che se parlassi con il sindaco potrebbe consegnarle una casa subito?»

Mio padre era una persona molto influente, grande amico e consigliere sia del sindaco sia del maresciallo dei carabinieri. Anzi, pure del parroco, del medico condotto e del farmacista.

«Domani mattina andrò a parlargli, ma vedrai che le daranno una casa popolare anche senza il mio intervento», disse mio padre e le sue parole mi fecero sentire meglio.

Dalle finestre monitoravo la situazione mentre la neve continuava a cadere silenziosa, imperterrita.

A Barile nevica anche in primavera e, per dirla con Neruda, *«in quel tempo le nevi son più crude»*.

Guardavo Camilla che ogni tanto cambiava posizione, si alzava, si risiedeva, faceva dei saltelli per scaldarsi.

Aveva circa la mia corporatura e una cascata di riccioli biondi che le coprivano le spalle.

Erano bellissimi, lucidi, brillanti.

Era bella Camilla, avrebbe potuto fare la modella. Invece faceva la guardia ai mobili vecchi e moriva di freddo.

All'ora di cena avvolsi un po' di pane e caciocavallo in un tovagliolo e glielo portai.

«Hai fame?» le chiesi porgendole parte della mia cena.

Camilla rifiutò con cortesia e dignità, trovando una scusa: «la sera non ceno, voglio dimagrire», disse.

In seguito avrei scoperto che era sempre a dieta, cercava di diventare anoressica.

Anch'io mangiavo poco, ma non per la stessa motivazione. Non mi piaceva niente, tranne il latte col pane raffermo e il caciocavallo.

E le castagne.

Camilla aveva la carnagione chiara ed evitava la luce del sole, aveva letto da qualche parte che era dannoso per la pelle e faceva venire le macchie scure, tipiche delle vecchie.

Indossava pantaloni e maglioni stretti e costringeva i polpacci in stivali di pelle che indossava notte e giorno.

«Lo faccio per avere polpacci e caviglie magre», diceva.

Durante l'estate, io giocavo a calcio con i bambini del quartiere, mentre lei restava a osservarci perché non voleva diventare muscolosa.

Forse aveva qualche rotella fuori posto, ma io le volevo bene lo stesso.

La sera stessa in cui l'avevo conosciuta le avevano assegnato una casa popolare, infatti la mattina dopo svegliandomi non avevo più visto né lei, né l'ammasso di mobili.

Le avevano assegnato un appartamento identico a quello di Giulia, alle casette.

Lei viveva con un padre alcolizzato, una madre isterica, un fratello svitato, una sorella rassegnata a una vita disgraziata e una nonna straordinaria di nome Maria.

Quando andavo a trovarla la trovavo sempre immersa nei suoi sogni.

Dovevo badare che i suoi genitori non fossero in casa perché neanche loro volevano che la frequentassi.

Era spesso seduta al tavolo della cucina con un libro aperto sulla tovaglia di plastica ingiallita.

Di fronte c'era sua nonna, con il bastone bianco.

«Buona sera signora Maria», dicevo entrando.

Lei rispondeva con un cenno della mano.

Buio e silenzio.

«Stai studiando?», chiedevo.

Camilla alzava lo sguardo senza rispondere come se avessi fatto una domanda idiota.

In realtà fingeva di studiare, ma non lo faceva. Guardava il libro senza vederlo e sognava di andare via, fuggire lontano. Cercava spazio, aria, gente nuova e mi ripeteva: «aiutami a fuggire.»

In che modo avrei potuto aiutarla?

Sua madre la picchiava.

Suo padre, quando era ubriaco, la picchiava.

Sua sorella maggiore anche.

E pure suo fratello, quando diventò più grande, iniziò a picchiarla. Solo sua nonna Maria non lo faceva, anzi la incoraggiava dicendole: «studia, se vuoi andare lontano, anima mia.»

Quanto era saggia sua nonna e quanto bene le voleva.

Ma Camilla non studiava, fingeva di sfogliare i libri e faceva le boccacce a sua nonna che era cieca.

Poi un giorno abbandonò la scuola e incontrarla diventò impossibile.

Quando riuscivamo a vederci, le rare volte che era da sola in casa, non faceva che mostrarmi il suo corredo. Saliva su una scala di legno nascosta dietro la porta, prendeva degli scatoloni di cartone sull'armadio e li poggiava sul letto.

La sua famiglia non aveva da mangiare, ma aveva comprato per Camilla una quantità infinita di coperte, lenzuola e teli di ogni tipo e colore, tappeti, pigiami, mutande, calze, calzettoni, abiti premaman, cuffie e merletti.

Era in attesa di trovarle un marito. Possibilmente facoltoso.

Guardavo quella biancheria ricamata che non avrei mai avuto perché mio padre non voleva spendere soldi per il corredo, anche se tutte le mie compagne di scuola ne avevano uno.

«Quando sarete grandi», diceva, «avrete un bel lavoro e la possibilità di comprare tutto quello che vorrete. Le cose comprate oggi saranno fuori moda nel giro di pochi anni. Preferisco spendere per farvi studiare e viaggiare.»

Mentre guardavamo il corredo, a volte sentivamo i passi di sua madre tornata in anticipo dalla campagna. Lei entrava in casa e nel vedere sua figlia in mia compagnia, si adirava e urlava: «smettila di perdere tempo con la tua amica sfaccendata, e trovati un marito, coccodrillo!»

"Coccodrillo" era il suo appellativo preferito per denigrarla ai miei occhi.

Non che il termine *"sfaccendata"* diretto a me fosse meno offensivo.

Doveva trovarsi un marito e basta, questo era l'ordine genitoriale.

Lei invece non ne voleva sapere, sognava di scappare, non si rassegnava al suo destino, era ribelle, per questo l'amavo.

Passava così il suo tempo a prendere botte dai suoi, a comprimersi i polpacci e ad ascoltare le parole di conforto di sua nonna.

Un giorno disse: «voglio andare a Bologna da mia zia, lei si prenderà cura di me e mi troverà un lavoro, qui non ho futuro.»

Credevo fosse impazzita, non poteva andarsene.

Poi una sera d'estate, un po' per gioco, ci sedemmo sul muretto del mio giardino a preparare il piano: *"Fuga per Bologna"*.

Quella sera io la ricordo bene perché c'erano le stelle e un sacco di grilli che erano seccanti forte e che adesso giuro, non sento più.

Io preparavo il piano di fuga per la mia migliore amica ma non lo facevo sul serio.

Credevo stessimo giocando.

Il biglietto per Bologna l'avrei pagato e stampato io, tanto sapevo come fare, me l'aveva insegnato mio padre.

Poi avrei preparato un panino per lei che avrebbe preso l'ultimo treno, il rapido di mezzanotte.

La sera della fuga, Camilla aveva detto ai suoi che si sarebbe intrattenuta un po' di più con me. Ci trovammo dopo cena, ci sedemmo a chiacchierare ed a fare progetti.

A mezzanotte salì sul treno senza che nessuno la notasse, quella sera mio padre non era di servizio. Ci salutammo con un arrivederci e la promessa che ci saremmo riviste al più presto.

Salii in casa come svuotata con gli occhi lucidi.

«È successo qualcosa?» chiese mia madre alzando lo sguardo dai registri di classe.

«No, no, niente, ho solo litigato con Camilla», mentii, «vado a letto, buona notte.»

Mio padre aveva da poco chiuso la porta d'ingresso quando sentimmo bussare.

Erano i genitori di Camilla.

«Don Remigio, Rosaria è stata tutta la serata con mia figlia che non è tornata a casa, lei deve per forza sapere dov'è andata», dissero, con aria preoccupata.

Io ero già in pigiama in camera mia a origliare dietro la porta.

«Che hai combinato?» chiese Lilly a cui non risposi.

«Rosaria», chiamò mio padre urlando.

Quando entrai nello studio, c'erano tutta la mia famiglia e i genitori di Camilla.

Io e mio padre ci guardammo negli occhi. Lui sapeva come interrogarmi con lo sguardo e io come rispondere, senza dire neanche una parola.

Era evidente che avesse capito.

Mi chiese soltanto: «ha preso il rapido per Bologna, vero?».

Stavo cercando di blaterare qualcosa ma dissi troppe volte la parola "treno" e "Bologna", cosicché i genitori capirono che era scappata da casa per raggiungere in treno la zia di Bologna.

Mio padre scese in ufficio e volle che lo accompagnassi.

Con l'alfabeto morse avvisò la *Polfer* che fermò Camilla a poca distanza da Barile.

«Andiamo», disse mio padre, «prendo la macchina e partiamo subito.»

Quando i poliziotti affidarono Camilla a mio padre, lei mi guardò con uno sguardo così torvo che sembrava volesse incenerirmi.

Purtroppo il piano di fuga era fallito e da allora i nostri genitori ci proibirono di vederci.

Qualche giorno dopo, Camilla riuscì a eludere la sorveglianza dei suoi e mi raggiunse in giardino.

Ero in compagnia delle mie sorelle e di Giulia.

Ci sedemmo sul solito muretto.

«Devo andar via», mi disse, «non hai capito che qui non ci resto, devo andare a Bologna, questa vita da miserabile non è per me, non voglio sposare un diseredato e fare la stessa vita di sacrifici e privazioni che fanno i miei. Voglio emigrare.»

Camilla era troppo decisa, nessuno sarebbe riuscito a farle cambiare idea.

«Tu sei fortunata, fai una vita migliore della mia, i tuoi sono istruiti, ti fanno studiare e viaggiare, non hai il destino segnato come il mio», disse ancora.

E così accettai di predisporre con lei un nuovo piano di fuga denominato: *"fuga per Bologna bis, questa volta senza spiata"*.

Camilla sarebbe partita in pieno giorno con un travestimento e, dopo essere scesa alla stazione successiva, avrebbe preso un altro treno per Bologna.

Quel giorno salì su quel maledetto treno con uno scialle nero sulla testa, facendomi giurare che non avrei aperto bocca ed io, sebbene sottoposta alle più dure torture, non parlai.

E quanto mi pentii di non averlo fatto.

Piansi per giorni, soprattutto nelle notti d'estate, quando cantavano grilli e cicale.

Alle immagini oscurate nella mia mente, si era aggiunta anche la sua.

Avevo subìto un altro lutto.

E nei giorni che seguirono giurai a me stessa che non avrei aiutato più nessuno a fuggire, salvo che non fosse stato un nemico.

Avevo perso una delle mie migliori amiche, per sempre.

Cap. 9

Il presepe

Mio padre, legato alle tradizioni, dal mese di novembre obbligava mia madre a comprare scatole di pasta che sarebbero servite per fare le casette del presepe.

Usava colla di pece che preparava lui stesso e colori ad olio.

Io e Lilly ci arrampicavamo sulla massicciata della ferrovia per raccogliere il muschio mentre mia madre non faceva che lamentarsi.

Nel controllare i personaggi di creta conservati da anni in cantina, Lucia e Gep ne trovavano sempre qualcuno danneggiato, quindi, mio padre ci riuniva per decidere quali avrebbe dovuto sostituire.

Per il loro acquisto i miei genitori andavano a Napoli, in Via San Gregorio Armeno, famosa per le botteghe artigiane dei presepi.

Quel viaggio era l'unica gioia di mia madre, in quell'occasione avrebbe rivisto i suoi.

«Renà», diceva mio padre, «che ne dici se compriamo un altro pastore Benino, quello che dorme da Natale all'Epifania?»

«Non si possono mettere due pastori dormienti nel presepe», rispondeva mia madre, «che poi, se non si sveglia uno si sveglia l'altro.»

«Vorrei sostituirlo perché ha un braccio rotto», diceva mio padre.

«Che fa, tanto deve dormire e basta, anche se ha un braccio mancante non se ne accorge nessuno. Piuttosto, io comprerei dei pastorelli con le pecore», suggeriva mia madre.

Il giorno dell'Immacolata cominciava il vero e proprio allestimento, si partiva da una base di legno, poggiata sulla mia scrivania, sulla quale veniva incollato uno scheletro di sughero o cartone pressato.

Su quella, dopo aver disposto il muschio, venivano collocate le case, l'osteria, la capanna, il laghetto (rappresentato dallo specchietto della borsetta di mia madre) sormontato da un ponticello e varie montagnette costruite con sassi incollati fra loro.

Lucia e Gep decidevano la posizione dei personaggi: nella capanna il bue, l'asinello, Giuseppe e Maria, davanti a loro i vari pastori inginocchiati in adorazione, ma in prima fila mio padre pretendeva che fosse messa Stefania, la pastorella che aveva preso in giro gli angeli.

«Perché dobbiamo mettere davanti lei, con quello che ha fatto?» ripeteva mia madre nonostante ne conoscesse il motivo.

«Gli angeli volevano allontanarla perché era ancora sposata», rispondeva mio padre.

«Tant'è che Il Salvatore, conoscendo le sua buone intenzioni, la notte di Natale ha fatto esplodere il sasso che aveva nascosto sotto la gonna, per fingere di essere incinta, ed ha fatto nascere Santo Stefano», concludeva Gep che conosceva la storia a memoria.

«Esatto», confermava mio padre sistemando la pastorella proprio davanti alla capanna.

«Perché Benino dorme tutto il tempo?» chiedeva Lilly cambiando discorso.

«Perché sogna il presepe, guai a svegliarlo, il presepe sparirebbe», rispondeva mio padre.

Noi ci credevamo davvero a tutto quello che diceva, e restavamo in silenzio per paura di svegliarlo, solo mia madre borbottava: «magari sparisse!»

Intanto mio padre, scartando i pastori, ce li mostrava ad uno ad uno dicendo: «guardate, questo è il pastore della meraviglia, ha la bocca aperta! e sapete perché ha diritto a stare vicino ai Re Magi?»

Nessuno se lo ricordava.

«Remì, finiscila, a me il presepe non piace», rispondeva mia madre, e lui andava avanti imperterrito: «questo personaggio rappresenta la meraviglia dei bambini davanti alle cose belle, rappresenta proprio Dio da piccolo.»

Sembrava ogni anno di assistere alla commedia di Eduardo De Filippo: *"Natale in casa Cupiello"*.

Intanto mio padre proseguiva: «questi sono il vinaio e Ciccibacco, entrambi retaggio delle divinità pagane. Questo invece è il pescatore, colui che pesca le anime, e questi due sono il carnevale e la morte, due compari che ben si amalgamano fra di loro.»

Intanto mia madre ci aveva lasciato alla nostra meraviglia davanti ai racconti di mio padre ed era andata in cucina a preparare i dolci tipici della tradizione natalizia di Barile, insieme a quelli del suo paese d'origine.

Tipici del posto erano i calzoncelli, fatti con pasta frolla ripiena di ceci o castagne.

Ricordo che per prepararli, disponeva la farina a corona sul piano di marmo, aggiungeva zucchero e uova, vino bianco e succo d'arancia, e nel ripieno, oltre ai ceci e alle castagne, zucchero e cannella.

«Rosà», mi diceva, «assaggia tu, vedi se va bene di zucchero che tu hai il gusto fine per i dolci.»

Poi friggeva le canestrelle, un altro dolce caratteristico che faceva tirando la sfoglia in strisce lunghe trenta centimetri, tagliate con la rotella, pizzicando i lembi di pasta, per poi arrotolare le strisce, e chiuderle con altri pizzichi nel centro e nella parte finale, come se fossero dei fiori.

Infine faceva la classica pastiera napoletana e gli struffoli col miele, dei quali Gep andava pazzo.

Cap. 10

il matrimonio di Giulia

Giulia era nata in Puglia da una famiglia poverissima, nei primi anni del novecento. Viveva con cinque sorelle e i genitori che facevano i contadini e possedevano un fazzoletto di terra.

Ogni mattina preparava una tazza di latte con pane raffermo per le sorelle e, dopo aver riordinato la casa, andava alla fonte per lavare la biancheria.

Portava una lunga treccia di capelli neri che spiccavano sulla pelle candida e sul suo unico abito bianco lungo fino ai piedi.

Quando tornava a casa trovava sua madre intenta a preparare la cena, mentre le sorelle più piccole giocavano nell'aia davanti alla porta e, solo al tramonto suo padre tornava dalla campagna portando un cesto di verdura e frutta.

Era talmente stravolto dalla fatica che a volte non riusciva neanche a mangiare, si accasciava sulla sedia davanti al camino e restava là fino alla mattina dopo, quando tornava nei campi.

Giulia, essendo la figlia maggiore, sparecchiava, lavava i piatti ed aiutava sua madre a mettere a letto le sorelle più piccole.

Uno dei giorni in cui Giulia era china sulla fontana a lavare i panni, si sentì osservata.

Era strano che ci fosse qualcun altro oltre alle sue amiche.

Si voltò di scatto ed a pochi metri vide un ragazzo bellissimo che stava guardando proprio lei.

Giulia arrossì per la vergogna e l'emozione, ma non riuscì a togliergli gli occhi di dosso.

Non aveva mai visto un giovane di così tanta bellezza, con degli occhi azzurri fantastici e un sorriso ammaliante.

Si guardò intorno per capire se anche le altre l'avessero notato, ma loro erano impegnate nel loro lavoro.

Ci fu un rapido scambio di sguardi che bastò per far scoppiare il colpo di fulmine.

Quello sarebbe stato l'unico grande amore della sua vita.

Giulia restò sospesa nello spazio fra la realtà e il sogno, gli attimi necessari che servirono a Leonardo per comprendere la reciprocità del sentimento.

«Come ti chiami?» chiese, «io sono Leonardo.»

Giulia restò in silenzio pensando che sarebbe stato troppo azzardato rispondere a uno sconosciuto.

Poi capì che magari non avrebbe avuto una seconda occasione e decise di approfittarne: «sono Giulia», disse, e scappò via con il cesto dei panni sulla testa.

«Aspetta», gridò lui inseguendola, «ti do una mano».

Ma era troppo tardi, lei, veloce come una gazzella, era già entrata in casa e si era chiusa la porta alle spalle.

Chissà se l'avrebbe rivisto.

Da quella volta, contrariamente ai suoi dubbi, ogni mattina lo ritrovò alla fonte, finché un giorno non le chiese di sposarla.

«Sono povero, ma volenteroso e se mi vorrai, troverò un lavoro e metteremo su famiglia», disse in tutta sincerità.

Si sposarono poco dopo in una chiesetta di Gioia del Colle.

I genitori di Giulia fecero da testimoni, le sorelle da damigelle d'onore.

Giulia indossava l'unico abito bianco ormai liso ed aveva una coroncina di margherite tra i capelli. Leonardo, che non aveva parenti, stringeva fra i denti una rosa rossa che le regalò sull'altare giurandole amore eterno.

Il pranzo di nozze fu molto parco: bruschette e vino.

Gli sposi furono accompagnati alla stazione con un carro trainato da un asinello e, preso il treno, arrivarono a tarda sera a Barile dove si sistemarono.

Il giorno dopo Giulia andò a chiedere un lavoro al curato del paese e lui le consigliò di rivolgersi alla signora Incoronata, moglie del capostazione e così, da allora, diventò la nostra domestica.

Mia madre, col passare degli anni, si era anche affezionata a lei (certo nei limiti previsti per una serva), e le regalava di tutto: roba da mangiare, mobili e suppellettili varie, camicie, giacche, maglioni bordò.

Ma la sgridava di continuo: «Giulia, hai visto che hai fatto per terra? un lago! quante volte devo ripeterti che devi passare lo strofinaccio sul pavimento e non buttarci sopra delle secchiate d'acqua? qua non ci sono tombini.»

Giulia abbassava la testa, prendeva lo strofinaccio e prosciugava il lago, rassegnata alla sua condizione di schiavitù.

Cap. 11

L'itterizia e

Le grotte dei briganti

Le grotte dello Sheshe – Barile (PZ)

Se c'è qualcosa che mi ha sempre fatto paura di Barile, sono le grotte dei briganti, che secondo mia madre erano ancora abitate da loro discendenti e sicuramente infestate da lupi famelici.

Ma credo lo dicesse solo per spaventarmi e per non farmi avventurare da sola da quelle parti, con il risultato di far nascere in me una grande curiosità.

«Andiamo a vedere le grotte?» chiedevo spesso a Giulia evitando volutamente di aggiungere il "dei briganti".

Ma lei eludeva la risposta sapendo che mia madre non l'avrebbe permesso.

Ci sarei dovuta andare da sola, al limite con Lilly o con la mia amica Caterina.

Avrei scelto un pomeriggio di sole perché di sera, non si sa mai, avrei potuto fare brutti incontri.

Caterina era d'accordo perché, come me, non aveva paura di niente.

Preparammo la missione nel giardino di casa mia mentre Lucia impastava pagnottelle di fango per giocare alla fornaia.

Lilly si divertiva a stuzzicare con una canna di bambù i ranocchietti verdi che saltellavano nello stagno e Giulia potava le rose.

«Andiamo alle grotte?» chiesi a Caterina, distratta da tutte le attività che si svolgevano intorno a noi.

Forse era maggio.

«Te l'ho detto Ros, io non ho paura dei briganti, ma dei lupi, portiamo qualche bastone che non si sa mai», rispose lei.

«Ma i lupi sono già usciti dal letargo?», domandai.

«Che stai dicendo», intervenne Lucia che aveva sentito solo quest'ultima domanda, «i lupi d'inverno ispessiscono solo la pelliccia per resistere al freddo e sono meno attivi, ma non vanno in letargo, poi ora siamo a maggio e fra poco sarà estate.»

Comunque ero sicura che di lupi non ne avremmo trovati.

Mio padre diceva sempre che loro vivono nei boschi e scendono a valle solo quando non trovano niente da mangiare.

Ci sono stati episodi in cui qualche lupo si è avventurato nel paese, ma era sicuramente in una notte d'inverno.

«Perché state parlando di lupi», chiese Lucia sempre preoccupata per la mia intraprendenza.

«Ne stavamo parlando, così, tanto per...», rispose prontamente Camilla.

Abbassammo un po' il tono di voce e riprendemmo a parlare della nostra avventura che denominammo *"speluncis day"* per non far capire niente a Giulia.

Il giorno dopo però mi ammalai.

Ricordo che stavamo pranzando quando mia madre guardandomi negli occhi disse: «Remì, Rosaria ha l'itterizia.»

Così, come fosse stato un luminare di medicina o un medico stregone.

Mio padre la guardò torvo.

«L'itterizia ce l'avrai tu che ti sei pure operata di colecisti», rispose lui.

«Guarda che l'itterizia la riconosco subito, ho visto tanti ammalati dopo la guerra, quando facevo la crocerossina», disse mia madre che la crocerossina l'aveva fatta davvero.

Mio padre mi prese il mento con le mani e ruotò la mia testa verso di lui per scrutarmi bene negli occhi.

«Forse hai ragione», disse, «ha gli occhi gialli.»

«Guarda che io solo un terno al lotto non indovino», rispose mia madre ormai rassegnata.

A quel tempo per l'itterizia non c'era nessuna cura, sarei morta di sicuro.

Tanto alla fine sarebbe dovuto accadere, cagionevole di salute com'ero. Basta dire che ogni quindici giorni avevo la tonsillite acuta con febbri altissime.

Non so come sia riuscita a sopravvivere alle febbri, alla penicillina e al gelo di Barile.

Forse tutto questo mi ha temprato.

Vivere a Barile in quelle condizioni era roba da spartani. Chi ce la faceva, bene, chi no veniva buttato giù dalla rupe Tarpea.

La sera stessa venne a visitarmi il nostro medico di famiglia, il dottor Nicola De Magistris che, dal cognome, immagino non fosse originario di Barile.

Lui mi visitò, mi guardò gli occhi e decretò: «ha ragione Incoronata, questa è proprio itterizia. Una malattia incurabile.»

Quella notte la temperatura salì a quaranta gradi e cominciai a delirare.

«Mammina, mammina... » invocai nel delirio.

Mi passavano davanti volti di briganti travestiti da lupi che ridevano a crepapelle per la mia condizione da inferma.

C'erano Crocco e Giuseppe Caruso, neanche a dirlo, tutti briganti lucani che avevo visto nei libri di storia. È che avevano anche una faccia simpatica, ma poi gli si allungava il muso e mi mostravano i denti.

«Ci sono i lupi, vogliono mangiarmi», mormoravo.

Lucia mi consolò: «stai tranquilla, adesso vado a chiamare mammina e prendo il ghiaccio per farti abbassare la febbre.»

Ma la febbre non scendeva anzi, sentivo mia madre mormorare: «questa è febbre da cavallo, non so se passa la nottata.»

E per fortuna passò la nottata e quella successiva, con Giulia fissa al mio capezzale che mi bagnava la fronte con l'acqua gelata e tre iniezioni di penicillina al giorno che mi faceva mio padre.

«Dobbiamo ricoverarla,», disse il dottor De Magistris, dopo un mese di febbre continua, «c'è il pericolo che possa infettare i fratelli, o voi stessi. O anche me.»

Ma mio padre non era d'accordo, diceva che non essendoci cure mi avrebbero trattato come una cavia per sperimentare nuovi farmaci.

«Se è destino che muoia, che muoia in casa sua», diceva.

Io ero pienamente in linea con lui, anche se la mia opinione contava ben poco perché ero ancora una bambina.

Dopo pochi giorni mia madre partì con gli altri fratelli per la villeggiatura ed io rimasi con mio padre e Giulia.

Loro indossavano una mascherina quando mi stavano vicini ed io sarei morta volentieri piuttosto che soffrire in quel modo, ma la tenacia di mio padre e della mia tata mi hanno tenuto in vita.

Poco prima che riprendesse la scuola, poiché i miei sarebbero dovuti rientrare, mio padre decise che mi avrebbe portato dai propri genitori, a Montella, il suo paese natale, in provincia di Avellino.

Con me sarebbe venuta anche Giulia che, poverina, avrebbe dovuto pagare con l'isolamento un peccato mai commesso.

Prima di partire per Montella fui messa in quarantena.

Per le mie sorelle furono approntati letti di fortuna ed io rimasi confinata nella mia stanza.

Una notte mio padre venne a svegliarmi con tono dolce e delicato: «svegliati, dobbiamo partire», disse.

Forse mio padre era un angelo travestito.

O forse era la morte stessa che per rendermi la dipartita meno amara aveva preso le sue sembianze.

Io ubbidii.

In cucina c'erano Giulia e mia madre che avevano preparato la colazione, ma io non mangiai, nel mio stomaco non c'era posto neanche per un chicco di riso.

Giulia aveva un piccolo bagaglio e stava finendo di prendere disposizioni da mia madre.

Lei piangeva.

Non capivo perché stesse piangendo, di norma la morte in questi casi è una liberazione, sia per l'ammalato sia per chi gli sta vicino.

Non potemmo neanche abbracciarci, tanto non lo facevamo neanche in tempi normali.

«Non piangere ma' che mi fai stare male», dissi.

E lei si soffiò il naso e si asciugò le lacrime, ma non riuscì a smettere.

Capii che quello era un addio e da allora iniziai a scrivere lettere di commiato a tutti, a mia madre, a mia sorella, alla mia amica Camilla, tutte con lo stesso incipit: "ricordati che ti ho voluto bene…"

Lettere tristissime che non facevano che farmi piangere.

A Montella mia nonna mi accolse con un sorriso che, ora lo so, si riserva solo ai malati terminali. I suoi occhi tradivano rassegnazione e dolore.

Mi assegnò una delle camere della sua grande casa, dove Giulia faceva da infermiera, cosicché, oltre ad essere ammalata, non avevo neanche il conforto della mia famiglia e di mio padre, che mi aveva amorevolmente curato per tutta l'estate.

Lui, per suo conto, non faceva che cercare medici e luminari per farmi visitare, avrebbe sacrificato la sua vita per salvare la mia, lo so bene.

Poi un giorno lo sentii confabulare con mia nonna nella stanza accanto: «sta sempre peggio, non reagisce neanche più alle cure, hai visto com'è dimagrita?» disse mio padre.

«Figlio mio, devi rassegnarti, dobbiamo pensare al suo funerale, forse sarebbe meglio farla seppellire qui a Montella», disse mia nonna.

«Non voglio assolutamente sentire queste cose», rispose mio padre, «deve guarire, costi quel che costi.»

Continuavo a deperire e a soffrire per la solitudine e l'abbandono. Per fortuna Giulia mi teneva compagnia, mi leggeva storie e mi consolava.

«Secondo me esiste la reincarnazione», diceva «credo che rinascerai magari più bella.»

Io non ci credevo e sentivo soltanto che la vita mi stava sfuggendo di mano, giorno dopo giorno.

Quanto tempo avevo sprecato a lamentarmi, a sbuffare, a litigare con le amiche o con mia sorella, se solo avessi potuto tornare indietro, avrei vissuto attimo per attimo tutta la mia breve vita per ringraziare l'Universo di tutto quello che mi aveva donato.

Poi un giorno mio padre si presentò con un tipo particolare, un ricercatore universitario laureato in medicina, originario di Milano.

Dove l'avesse conosciuto, era un mistero.

Ma mio padre era così. Aveva intuito per il genio.

«Sarebbe stato meglio un guaritore», bofonchiò mia nonna, medici ne sono venuti a decine e nessuno ha risolto niente.»

Mio padre non rispose, non era assolutamente d'accordo.

Il giorno che il medico mi visitò, ero in uno stato confusionale, non ero più neanche in grado di discernere la realtà dal sogno.

Dopo la visita il dottore disse: «c'è una medicina rivoluzionaria, all'avanguardia, però ho bisogno del suo consenso per potergliela somministrare, è ancora sperimentale, anche se in America ha dato dei buoni risultati.»

Mio padre si consultò solo con mia nonna, a mia madre non chiese niente, e accettò il rischio.

Lo sciroppo era amaro, tanto amaro, più amarezza di così non avrei potuto provarla neanche se avessi bevuto fiele.

Ne trangugiai un cucchiaione dopo una zolletta di zucchero.

Ricordo lo sguardo incoraggiante di mio padre, di mia nonna e di Giulia che sorridevano con gli occhi, dietro la mascherina.

Alla terza dose iniziai a riprendere le forze e quando la bottiglia dello sciroppo fu terminata, ero miracolosamente guarita.

Guarita grazie ad un esperimento che mi aveva tirato fuori dall'oltretomba.

Di quell'esperienza terribile ricordo le lunghe notti insonni popolate da incubi, e la voce rassicurante di Giulia che non dormiva mai per consolarmi.

Da allora l'amai ancora di più.

Dopo pochi giorni fui riammessa in comunità perché ormai i miei occhi avevano ripreso il colore originario, e anche tutto il resto si era normalizzato. Così ripresi la vita di sempre, senza mai più dimenticare di non sprecare tempo in cose dannose per me e per gli altri.

Quando rividi Camilla stava già per ricominciare la scuola e con lei ripresi il nostro vecchio progetto, lo *"speluncis day"*.

«Cavoli», disse Camilla, «mi avevano detto che stavi morendo e ancora ti ricordi di questa follia che vuoi fare?»

«Ci ho sempre pensato, non volevo andarmene avendo lasciato qualcosa d'intentato», risposi ridendo.

Cosicché, prima di incappare in qualche altra malattia, decidemmo che saremmo dovute andare subito, il giorno dopo.

Ci incamminammo verso il cimitero fingendo di voler raggiungere il Santuario della Madonna di Costantinopoli. Poi proseguimmo, avremmo detto che stavamo andando a trovare i nonni defunti di Camilla, semmai ce lo avessero chiesto.

Ma non ci fermò nessuno.

Anzi, stranamente mio padre non venne a cercarmi.

Camminammo fino alle grotte poi ci fermammo per studiare la situazione da lontano.

A dire il vero di lupi non se ne vedeva neanche l'ombra, né si sentiva il loro ululato, per cui procedemmo verso la meta.

«Se dovessimo trovare qualche brigante, tu che idea hai, cosa gli diciamo?» chiese Camilla.

Non lo sapevo, ma qualcosa mi sarei inventata, avrei improvvisato. E poi non credevo ci avrebbero mangiato vive, i briganti non erano mica degli orchi, solo dei rivoluzionari.

Il brigantaggio si era diffuso dopo l'unità d'Italia.

L'aumento delle tasse e del costo della vita avevano innescato una rivolta al limite della guerra civile. Il principale territorio scelto dai rivoltosi, denominati briganti, fu la zona del Vulture.

Fra i capi dei briganti il più conosciuto era Carmine Crocco nato a Rionero in Vulture, proprio quello che avevo sognato quando ero ammalata.

Purtroppo, proprio prima di entrare in una di quelle grotte, arrivò mio padre e ci riportò indietro.

Cap. 12

Vacanze a Maratea

Maratea (PZ)– il porto

Durante i primi mesi dell'anno, i miei genitori si recavano nel posto dove avevano stabilito avremmo trascorso le vacanze estive, per cercare un casa in affitto.

Mia madre era maestra quindi, a quel tempo, le sue ferie duravano da giugno a settembre, periodo in cui tutta la famiglia si trasferiva in una località balneare ogni volta diversa.

Mio padre non aveva tutte quelle ferie per cui faceva la spola da Barile al luogo di villeggiatura ogni volta che poteva.

Quell'anno la località prescelta era stata Maratea.

Dal momento in cui mia madre ce l'aveva detto, Lucia e Gep erano corsi nello studio per consultare atlanti ed enciclopedie perché per noi andare in vacanza non rappresentava soltanto godersi il mare e il sole, ma visitare luoghi storici e fare camminate salutari.

«Quest'anno abbiamo scelto un posto vicino casa», aveva detto mia madre, «almeno papà potrà raggiungerci più spesso.»

«Infatti», aveva detto mio padre, «la Sardegna, dove siamo andati l'anno scorso, è scomoda, ci vuole una giornata per arrivare.»

«Spero che il mare sia bello come quello di Cagliari», aveva detto mio fratello.

«Guarda che Maratea non ha proprio niente da invidiare alle altre località anzi, oltre a bellissime spiagge, ha fondali marini incontaminati, portate maschere e pinne», aveva risposto mio padre.

Mia madre, che era come sempre in cucina a correggere i compiti, alzò lo sguardo verso di lui e chiese: «e tu che ne sai?»

Lui non rispose.

Possibile che non ricordasse che lui da giovane faceva un'intensa attività da sub?

Bevve l'ennesimo sorso di caffè ormai freddo dal bricco posto sul piano di marmo della cucina e tornò in ufficio.

«Che nervi che mi fa venire quando non risponde», borbottò mia madre.

Sull'enciclopedia Treccani, Gep trovò delle notizie interessanti e le lesse ad alta voce:

"in posizione panoramica, su uno dei tratti più affascinanti del golfo di Policastro, sorge Maratea, magnifica località turistica della Basilicata.

Arroccata sul Monte San Biagio, la città si affaccia su un magnifico tratto del Mar Tirreno ed è una meta ambita da chi desidera una vacanza all'insegna del mare, del riposo, della cultura e dei sapori italiani."

«Davvero non male», disse Lucia, soddisfatta per quella descrizione, poi chiese a mia madre: «ovviamente Giulia viene con noi, chi bada a quelle due diavolette di Lilly e Rosaria?»

Mia madre fece un gesto di approvazione come dire che non c'era bisogno di chiederlo.

Così, il giorno dopo la chiusura delle scuole, prendemmo il treno tutti insieme, tranne mio padre, che ci avrebbe raggiunti il prima possibile.

Lasciare le mie amiche stava diventando sempre più difficile, anche perché non sapevo se al mio ritorno le avrei ritrovate, visto il flusso migratorio in continuo aumento.

Oltretutto vivevo a Barile solo dall'autunno all'estate, e non mi godevo il periodo più bello.

Per coprire una distanza di poco più di cento chilometri, ci mettemmo quasi sei ore, non si arrivava mai perché la littorina si fermava a tutte le stazioni.

Per fortuna mia madre aveva preparato la solita frittata di spaghetti che faceva da primo e secondo piatto.

Il viaggio si era rivelato più lungo e noioso del previsto, ma per fortuna Giulia ci aveva fatto giocare e Gep aveva letto un racconto bellissimo.

Quando finalmente dai finestrini apparve il mare, incollammo tutti il naso contro i vetri per poterlo ammirare.

La linea ferroviaria corre lungo il mar Tirreno fino alla stazione di Maratea, che sorge su un promontorio.

Faceva caldo e, scesi dal treno, fummo avvolti dal profumo delle piante della macchia mediterranea. C'erano querce, cespugli di rosmarino, piante di mirto, ginestre e finocchio selvatico, dai colori lussureggianti e vivi.

«È un paradiso», disse Giulia che non aveva visto altri posti se non Goia del Colle e Barile in tutta la sua vita.

Mia madre sorrise compiaciuta, quel posto l'aveva scelto lei.

Fu necessario prendere due taxi per andare nella casa presa in affitto.

Arrivammo dopo aver attraversato strade strette e vicoli nascosti e proprio in uno di quelli, situato nel centro storico a pochi passi dal porto, c'era la casa.

I proprietari ci stavano aspettando per consegnarci le chiavi.

Ricordo la loro calda accoglienza e i loro sorrisi aperti: «è un onore per noi cedervi la nostra casa», disse la signora.

Mia madre salutò con gentilezza, consegnò una busta con il denaro pattuito ed entrò, seguita da noi in fila indiana.

Entrammo in un grande soggiorno molto luminoso con un terrazzo spazioso. Oltre a quello c'erano tre camere, una grande cucina e un bagno. Giulia, come da decisione di mia madre, avrebbe dormito in soggiorno, sul divano letto.

L'arredamento era minimale ma elegante, con i classici colori delle case in località marine. Sulle pareti bianche c'erano quadri che ritraevano immagini di barche, o di spiagge. Alcune composizioni di reti di pescatori con incastrate stelle e cavallucci marini.

Le tende del balcone e delle finestre erano azzurre, come i copri letti.

Eravamo stanchi, ma dopo aver visto la casa, decidemmo lo stesso di fare un giro di ricognizione per ammirare la costa.

Ci fermammo al Porto, collocato in una conca compresa fra un promontorio e la costa.

«Qua c'è la spiaggia di *"Cala d'i Cent'ammari"*, nascosta da scogli e racchiusa in una secca naturale», disse fiera mia sorella Lucia.

Poi aggiunse: «ma non è l'unica spiaggia di Maratea, ce ne sono tante altre solo che alcune sono raggiungibili solo via mare.»

Verificammo che, come avevamo letto sull'enciclopedia, Maratea è un comune arroccato sul Monte San Biagio e proteso verso il mare.

Mentre visitavamo il centro storico del paese strutturato secondo l'architettura medioevale, con strade strette e importanti edifici, mia madre notò che c'erano chiese ovunque.

«Ho letto che ci sono quarantaquattro chiese su tutto il territorio», disse Lucia a conferma dell'impressione di mia madre, «oltre a numerosi edifici religiosi, cappelle e monasteri impreziositi da splendide opere d'arte e tutti visitabili», aggiunse.

Il giorno del nostro arrivo Giulia era rimasta a casa per dare una spolverata ai mobili e sistemare gli abiti negli armadi, ad eccezione di quelli dei miei genitori, che avrebbe sistemato in seguito mia madre.

Di mattina, né mia madre né Giulia venivano in spiaggia.

Mio padre riusciva a raggiungerci solo nei fine settimana e, la maggior parte delle volte Giulia si dileguava.

Quando c'era mio padre, ci svegliava a notte inoltrata per farci ammirare l'alba sul mare e la spiaggia in secca.

Ricordo le lunghe passeggiate sulla battigia dove la bassa marea aveva depositato conchiglie di madreperla che brillavano agli ultimi raggi della luna.

C'erano stelle e cavallucci marini adagiati sulla sabbia finissima che noi raccoglievamo per portali a casa e mostrali ai nostri compagni di scuola che, nella maggior parte dei casi, non avevano mai visto il mare.

In quei momenti mio padre diventava romantico, addirittura poetico e s'incantava più di noi alla vista dei colori del cielo per il sole nascente riflesso nel mare.

Portava sempre con sé la macchina fotografica per cogliere gli attimi più belli e le nostre espressioni di meraviglia.

Ogni giorno visitavamo una spiaggia diversa fra le tante incastonate tra promontori, acque limpide e una vegetazione lussureggiante.

Un giorno mio padre disse che voleva portarci sul Monte San Biagio per vedere il simbolo di Maratea, la statua del Cristo Redentore.

Mia madre non volle saperne di percorrere tutta quella strada in salita, per cui rimase a casa a leggere.

La statua, più piccola per dimensioni soltanto a quella del Cristo di Rio de Janeiro, è alta più di ventidue metri ed è posta su un promontorio a strapiombo sul mare. Dopo aver ammirato il panorama da lassù, visitammo la grotta dell'Angelo nascosta su quel monte tra la vegetazione.

«Questa grotta, considerata la dimora di un eremita, è stato il primo luogo di culto cristiano di Maratea», disse Gep.

Quella sera passeggiammo tutti insieme sul lungomare fra bancarelle e venditori di salsicce prodotte nel paese.

Cap. 13

la nascita di Gianni

Una mattina mi svegliai che la casa era in subbuglio.

Mia madre era agitata.

Lucia investita da un improvviso senso di responsabilità, correva di qua e di là con bacinelle d'acqua calda e teli di cotone, senza un obiettivo preciso.

Nessuno sapeva cosa dovesse farci con quella roba, ma sarebbe stato inutile chiederle spiegazioni, lei non si sbilanciava mai.

Quel giorno, contrariamente al solito, si era alzata di scatto senza protestare o chiedere ancora un minuto di tempo, e oltretutto era euforica come avesse bevuto ginseng puro.

Lilly era in bagno a parlare col suo amico fantasma.

Mio padre faceva su e giù per le scale fumando più del solito, sembrava in ansia per qualcosa che doveva accadere.

Gep, che aveva sedici anni, era serio come un giornalista di cronaca nera e non gli cavavi un ragno dal buco.

Tutto ciò era molto strano, era chiaro che c'era un evento straordinario in vista, ma di che si trattava?

Guardai oltre i vetri della finestra, nuvole bianche si rincorrevano, si sovrapponevano, si allontanavano, si riaddensavano.

Chiudevo per un attimo gli occhi e quando li riaprivo, l'immagine era già cambiata. Ora il cielo era azzurro, ora bianco, ora grigio-verde.

L'aria era elettrica, il sole già alto nel cielo.

Mia madre, che sembrava in preda a convulsioni, gridò: «alzati!»

Non capivo cosa avesse da urlare e perché avesse tanta fretta di svegliarmi visto che le scuole erano chiuse.

«Alzati, prendi Lilly e andate da Giulia», aggiunse.

Non era normale, avevo capito bene? era un ordine, dovevo andare alle casette.

Mi vestii in un attimo, Lilly era già pronta e come il solito, cantava.

Prima di uscire sentii mia madre strillare a mio padre: «corri a chiamare la levatrice.»

«Hai capito male», disse Lilly, «ha detto si è rotta la lavatrice, tu non capisci mai niente.»

«Senti chi parla», risposi seccata, dandole un pizzicotto sul braccio.

Poi ci avviammo saltellando verso la casa di Giulia.

La sua porta era socchiusa, segno che ci stesse aspettando.

Quando entrammo, lei era di spalle davanti al tavolo della cucina e aveva le mani immerse nella farina.

«Che stai facendo?» chiese Lilly.

«Preparo i biscotti di San Giovanni per il battesimo delle bambole», rispose lei.

Ci avvicinammo per guardare, non l'avevamo mai vista cucinare. Notammo che aveva disposto la farina a corona sul tavolo e stava aggiungendo le uova, l'olio e la farina, mentre in un angolo aveva preparato un limone, l'ammoniaca per i dolci e la vanillina.

Iniziò a impastare, ma il composto era troppo duro.

«Prendimi il latte che ho messo in quella bottiglia sul davanzale», disse, «devo ammorbidire la pasta.»

Lo presi mentre lei continuava a impastare, poi stese la pasta con un matterello e tagliò dei biscotti a forma circolare, usando un bicchiere rovesciato e li dispose su un tegame cosparso di olio.

«Ecco, sono pronti», disse, «mi lavo le mani e andiamo a cuocerli.»

Giulia non aveva il forno per cui dovevamo andare a quello pubblico, dove avremmo incontrato altre mamme che dovevano cuocere i loro biscotti.

Mentre aspettavamo che lei si lavasse le mani in una bacinella d'acqua stantia, Lilly ed io andammo fuori per raccogliere le amarene ormai mature. Eravamo agilissime ad arrampicarci sugli alberi, abituate anche a fare delle memorabili cadute appese ai rami che si spezzavano.

Quando Giulia uscì da casa con in mano la teglia piena di biscotti, c'eravamo già fatte una bella scorpacciata di amarene, macchiandoci, peraltro, i vestiti di viola.

«Queste macchie non vengono più via», disse Giulia, «vostra madre si arrabbierà con me.»

Ci avviammo in tutta fretta verso il paese che era abbastanza distante dalla stazione seguendo quel percorso fatto in gran parte di scale.

«Dobbiamo sbrigarci», disse Giulia, «altrimenti non facciamo in tempo a battezzare le bambole.»

Le bambole di pezza di Barile (PZ)

Mi venne in mente che le mie bambole erano già tutte battezzate, ma Giulia intuì i miei pensieri e disse: «non vi preoccupate per le bambole, dopo ne faremo due nuove.»

Non capivo cosa intendesse per "fare le bambole" ma mi fidai di lei.

Al forno aspettammo circa venti minuti perché cuocessero i biscotti, poi tornammo a casa.

Appena arrivate, Giulia appoggiò la teglia sul tavolo della cucina, ci diede un pezzo di pane col pomodoro nell'attesa che i biscotti raffreddassero, poi prese due mestoli di metallo dal cassetto.

Voleva fare il brodo? non capivo.

Salì sulla scala che aveva di fianco al guardaroba e prese uno scatolone. Dentro c'era di tutto, messo un po' alla rinfusa. Lei tirò fuori fasce e pannolini di cotone, poi scese e tornò in cucina.

Iniziò ad avvolgere i mestoli con le fasce, poi fece le teste con stracci avvolti in panni bianchi e le coprì con due cuffiette da neonato.

Ma la vera sorpresa fu un pennarello nero che aveva comprato a Bari, nessuno ne aveva mai visto uno, di solito per disegnare si usavano i carboncini.

Disegnò gli occhi, il naso e la bocca delle bambole, e per finire mise loro delle magliette da bambino.

Lilly ed io eravamo sbalordite, quelle erano in assoluto le più belle bambole che avessimo mai visto, e avevano un'espressione talmente felice che non ci sembrava vero le avesse fatte proprio per noi.

«Non dobbiamo tornare a casa per pranzo?» chiesi, perché ormai era passato mezzogiorno.

«No, oggi avete il permesso di stare tutto il giorno con me, ora andiamo a sederci sul prato che vi racconto di come si svolgerà il battesimo delle bambole.»

Mi accoccolai accanto a Giulia ad ascoltarla, mentre Lilly le si era seduta fra le gambe.

«Oggi», iniziò lei, «è il 24 giugno, San Giovanni, e c'è l'usanza di portare le bambole alla stazione per battezzarle.»

«A casa nostra?» chiese Lilly.

«Sì, proprio a casa vostra», rispose Giulia, «tanti anni fa, al posto della stazione c'era una chiesa, dove venivano battezzati tutti i bambini del paese.»

Siccome la storia si faceva interessante, mi sdraiai sull'erba a pancia in giù, un po' di verde non avrebbe guastato il mio vestito bianco e... viola.

«Qui a Barile il battesimo delle bambole è una cerimonia laica che in albanese si chiama: *"Puplet e Shenjanjet"*. Al rito partecipano tante famiglie e ragazze in costume tipico», disse Giulia.

«Albanese?» chiesi a Giulia.

«Sì», rispose lei, «gli abitanti di Barile sono di origine *arbereshe*, come si chiamano gli albanesi in Italia.»

«Anche tu sei albanese?» chiese Lilly

«No, sono originaria della Puglia, mi sono trasferita a Barile dopo aver sposato Leonardo, ma qualche parola di albanese la conosco.»

Verso le due iniziò la processione di mamme e bambine dai sette agli undici anni dal paese. Tutte avevano in braccio una bambola di pezza come le nostre. Camminavano come una grande scolaresca, in fila per due.

Giunte sul retro della stazione, dove mia madre aveva appeso sgargianti copriletto di raso colorati, iniziò la cerimonia.

Anche noi salimmo i primi gradini e con le bambole in braccio imitando i passi di danza delle altre bambine. Poi poggiammo le bambole a terra con cura, come fossero bambini veri e saltammo per tre volte, cercando di ripetere la formula che loro conoscevano a memoria: *«pupa de San Giuanni battizzami sti pann, sti pann so' battezzate,tutte cummari sime chiamate.»*

Recitata questa preghiera, il rito era finito, quindi prendemmo le bambole da terra per scambiarcele tra di noi.

«Ora andiamo a festeggiare», disse Giulia.

Anche le altre madri presero le loro figlie e andammo nel giardino della stazione. Ballammo e cantammo mangiando i biscotti che erano davvero buoni, intanto si stavano facendo tardi, ma mia madre non ci chiamava, anzi, non era venuto a cercarci neanche mio padre.

Verso il tramonto, quando ormai tutte le bambine erano andate via e Lilly ed io eravamo stremate dalla stanchezza, finalmente sentimmo la voce di mio padre che ci chiamava dalla finestra dello studio: «Lilly, Rosaria.»

Strano, molto strano, di solito lui anteponeva il mio nome a quello di mia sorella per ricalcare l'anzianità e quindi la responsabilità, come mai stava chiamando prima Lilly? poi, cos'era quel tono insolito, caldo, tenero?

«Arriviamo pa'…» risposi guardando verso l'alto.

Lui era sorridente, non era neanche arrabbiato sebbene fossimo ancora fuori a quell'ora, anzi ci lanciò delle monetine perché comprassimo un gelato nel bar del papà di Rocco.

«Sì, ma poi salite subito, che c'è una sorpresa», disse.

E che sorpresa trovammo!

Mia madre era nel letto (strano), e di fianco a lei era apparsa una culla con dentro non una bambola, ma un bambino in carne e ossa.

Aveva il colorito roseo, i capelli ricci: era mio fratello Gianni.

Mi avvicinai per guardarlo meglio e lui ricambiò lo sguardo, i suoi occhi erano grigi, azzurri, verdi… proprio come quel cielo di fine giugno.

Ero sconvolta dalla gioia e voltandomi a guardare mia madre, che sorrideva come una santa che ha appena fatto un miracolo, chiesi: «è per farci questo regalo che ci hai mandato a casa di Giulia?»

Sapevo che avrei avuto un fratello, ma non sapevo in che modo sarebbe arrivato perché Giulia diceva che l'avremmo trovato sotto un cavolo, mentre mia madre che l'avrebbe portato la cicogna.

Mi guardai in giro, non c'era traccia né di cavoli, né di cicogne.

«Chi l'ha portato?» chiesi.

«La cicogna!» tagliò corto Lucia, che non intendeva far rovinare quell'atmosfera da discorsi inutili.

«Giusto il tempo di mangiarsi un cavolo per merenda», aggiunse con ironia Gep, al quale quell'aria di mistero aveva fatto venire voglia di scherzare.

«Che schifo», disse Lilly, «il cavolo per merenda è peggiore della trippa a colazione.»

«Uee...» fece Gianni.

Dieci braccia si buttarono sulla culla per prenderlo, ma fu impossibile dato che per com'era stato fasciato era troppo rigido.

«Perché l'hai fasciato così?» chiese Lilly.

«Così gli vengono le gambe diritte», rispose mia madre.

«Infatti, è per questo che tu hai due gambe drittissime», disse Lucia ridendo rivolta a Gep, «guardati, sei meglio di un fotomodello.»

«Mamma, non lo fasciare», supplicò Gep senza degnarla di una risposta, «tanto, anche se ha le gambe storte, chi se ne importa? per me era un incubo quando lo facevi. Anzi, ricordo che mi avvolgevi anche le braccia e poi, tanto per completare l'opera, zia Pia mi sventolava una nuvola di borotalco in faccia, fino a soffocarmi, sarà per questo che adesso soffro d'asma.»

«Asma?» intervenne Lucia, «quando mai! Mammina ha ragione, se non ti avesse fasciato ora, saresti storto, perché sei venuto troppo lungo.»

«Ha parlato la perfezione in persona. E com'è che la stessa fasciatura a te non è servita?» sbottò lui.

Lucia e Geppino si stuzzicavano mentre Gianni si divincolava cercando di sgusciare fuori da quelle fasce che lo stringevano troppo.

Per fargli da bambinaia a quel tempo si alternavano nell'ordine: mia madre, mio padre, Lucia, Lilly, io e raramente Giulia.

Da qualche giorno lei, infatti, non stava tanto bene. A volte arrivava tardi, certe altre non si presentava proprio, ma allora non ci facevo tanto caso perché ero troppo presa dal mio fratellino.

Cap . 14

la morte di Giulia

Il Nibbio

Poi, una sera, era di novembre.
Il Nibbio aveva ripreso a emettere trilli a intermittenza e
volteggiava intorno alla carcassa di un passerotto stecchito.
Sferzate di libeccio piegavano le cime degli alberi oltre i
binari della ferrovia.
Leonardo era immobile sul piazzale deserto della stazione con
la testa bassa, le braccia allargate, inconsolabile.
Piangeva come un bambino ripetendo: «la mia Giulietta...la
mia Giu...li...et...ta...»
La sua mente era annebbiata, più dal dolore che dall'alcool che
aveva bevuto.
O solo dal rimorso.
Quello di aver forse contribuito alla fine prematura di Giulia.
«Senza di lei la mia vita non ha più senso», ripeteva come un
mantra.

Ed era vero, Giulia era morta.

Mio padre, con la divisa e il cappello rosso, faceva oscillare la lanterna per segnalare l'arrivo di un treno.

Tutto intorno era silenzio.

Io, Lucia e mia madre eravamo affacciate alla finestra della camera a osservare quella scena dall'alto.

Nessuno aveva voglia di parlare, a parte qualche mezza frase sussurrata come "c'era da aspettarselo" o "così ha finito di soffrire".

Tanto sapevamo che sarebbe successo.

Lilly camminava da una stanza all'altra con in braccio Gianni e lo cullava per farlo addormentare.

«È morta Giulia?» chiese affacciandosi sulla porta della camera dopo aver captato alcune parole di mia madre.

Lei abbassò lo sguardo e fece segno di sì con la testa.

Lilly scoppiò a piangere in maniera disperata e mia madre dovette prenderle Gianni dalle braccia, per paura che cadesse.

Io non piansi, il groppo che mi era formato in gola m'impediva anche di respirare.

Era la prima volta che mi trovavo faccia a faccia con la morte di una persona cara, di una di famiglia.

Non poteva essere vero, non era ancora così vecchia da dover morire, avevamo ancora bisogno di lei, chi avrebbe fatto da tata a Gianni?

Anche a mia madre dispiaceva, lo capivo dalle sue labbra serrate, dal suo silenzio, sebbene si sforzasse di non provare niente.

«Ve lo dico subito, non vengo al funerale», disse d'un tratto senza che nessuno gliel'avesse chiesto, «i funerali non mi piacciono.»

Sapevamo che Giulia fosse malata e che fosse stata ricoverata in Ospedale a Potenza.

Mia madre, nonostante l'avversione per gli ospedali, disse che saremmo dovuti andare a farle visita.

Prendemmo il treno per Potenza un giorno, dopo la scuola, mentre Gianni restò a casa con mio padre e Geppino.

Durante il viaggio mia madre ci aveva parlato del capoluogo, dove era stata più volte e ci aveva detto che per la sua conformazione fatta di scale, Potenza era stata definita la città verticale.

«Potenza è una città magica», disse all'improvviso per stemperare la sofferenza che l'attanagliava. Poi continuò: «ogni anno nel mese di maggio, il giorno del patrono, San Gerardo La Porta, si svolge la parata storica dei "turchi", qualche volta veniamo a vederla. Io ci sono stata un paio di volte con vostro padre.»

Inutile dire che in quel momento della città di Potenza e della parata dei turchi non ce ne importava nulla, né tanto meno importava a mia madre che stava soffrendo più di tutti.

Scese dal treno, attraversammo l'antico centro storico, ricco di opere architettoniche antiche e moderne.

Una città dall'alto profilo storico e culturale che merita di essere conosciuta.

Ricordo che c'eravamo quasi perse fra i vicoli e prima di arrivare in ospedale, in un negozietto lì vicino avevamo comprato un pacco di biscotti, i preferiti di Giulia.

Penso sia stata la prima volta in assoluto che mia madre abbia comprato biscotti industriali.

Alla reception del nosocomio, mia madre faticò per far capire chi stessimo cercando.

«Dobbiamo fare una visita a Giulia, la nostra domestica», disse.

«Signora, deve dirmi il cognome o almeno il numero della stanza», rispose l'infermiera.

Nessuno di noi conosceva il suo cognome, poi finalmente qualcuno capì chi stavamo cercando e ci accompagnò nella sua camera.

Era enorme, davvero sprecata per la piccola Giulia. Aveva soffitti altissimi e spoglie pareti bianche senza neanche un quadro, uno specchio, un crocefisso.

In fondo, vicino alla finestra, c'era un lettino d'alluminio con lenzuola bianche.

E sotto il copriletto c'era lei, più bianca del bianco che la circondava, e solo allora mi accorsi che anche i suoi capelli erano diventati completamente bianchi.

Giulia respirava forte, sembrava ansimasse.

«Perché è diventata tanto vecchia?» mi sussurrò Lilly all'orecchio.

Davvero non sapevo come fosse successo tutto così all'improvviso.

Lucia aveva gli occhi lucidi di pianto e il naso rosso come un peperone. Anche a me veniva da piangere ma non volevo che Giulia mi vedesse.

Quando piangevo mi sgridava sempre, proprio come mio padre.

«Non serve a nulla piangere», diceva, «bisogna trovare rimedi, riflettere, escogitare soluzioni.»

Invece avrei pianto, non sopportavo vederla così, avrei preferito vederla morta. Non riuscivo neanche a riflettere e non immaginavo soluzioni.

La sua carnagione, una volta ambrata, sembrava aver perso il colore, come la biancheria che lei candeggiava.

Nel lettino era inconsistente, sembrava una bambina.

Quando ci sentì arrivare smise di ansimare e socchiuse appena gli occhi. Le pupille che una volta sembravano due luccicanti perle nere erano cerulee, trasparenti.

Mia madre abbozzò un sorriso: «guarda, Zuccarella, guarda che ti ho portato», e le mostrò la scatola di biscotti che poi appoggiò sul tavolino di metallo posto di fianco al letto.

Giulia non era più la stessa.

La guardai un attimo ma lei non se ne accorse, aveva gli occhi bassi come se si vergognasse di farsi vedere in quello stato.

Distolsi lo sguardo, non volevo ricordarla così. Il ricordo di lei sarebbe rimasto fermo a quel giorno in cui era venuta a chiedere di poter prestare servizio in casa nostra.

Non capivo di cosa si fosse ammalata, fino a pochi giorni prima sembrava così energica, così vitale.

Non come me che mi ammalavo ogni quindici giorni di tonsillite e avevo fatto anche due o tre malattie quasi mortali.

Quando mia madre appoggiò i biscotti sul comodino lei girò appena lo sguardo e sorrise.

«Grazie, li mangio dopo», disse con un filo di voce.

Non sapemmo mai di cosa si fosse ammalata veramente, se di vecchiaia, o di solitudine, o di sacrifici e vessazioni durate tutta una vita.

«Grazie di cuore», aggiunse guardando ancora quei biscotti che non avrebbe mangiato, perché in realtà ci stava ringraziando per l'affetto che le avevamo dimostrato e che a lei, in qualità di serva, non era dovuto.

Morì qualche giorno dopo e mio padre, che l'aveva sempre ignorata senza farle neanche una fotografia, si occupò di tutto, come fosse stata una persona di famiglia.

Contattò l'impresa funebre, ordinò una piccola bara, comprò un vestito e un paio di scarpe nuove, ordinò una corona con la scritta: "da parte di Don Remigio e famiglia", e andò al cimitero di Barile per decidere il giorno della sepoltura. La funzione religiosa l'aveva già concordata con Don Nicola, il parroco della chiesa madre, ma aveva dovuto insistere perché non era in possesso di alcun documento che dimostrasse almeno il battesimo di Giulia.

Il funerale fu celebrato dopo la festa di Ognissanti, alla presenza della mia famiglia, di Rocco, di Leonardo, del parroco, del sindaco, del maresciallo dei carabinieri, tutti a disposizione per quel tributo di dolore.

Mio padre non versò una lacrima, lui non piangeva mai, ma aveva le labbra serrate e gli occhi lucidi.

Mia madre avevamo dovuto portarla a forza, perché continuava a ripetere che odiava i funerali.

Lilly e Lucia piangevano, io e Gep no.

Per conto mio, ero talmente angosciata da non riuscire nemmeno a farlo.

Ero alle prese per sistemare anche lei nel mio gelido deserto di assenze che avevo nella mente e nel cuore, quel deserto così simile all'ossario del paese dove mi portava Giulia, per farmi meditare.

Il prete fece una breve omelia ricordando quanto fosse stata buona in vita e quanto amore avesse donato.

Fu seppellita nel campo comune, e prima che la bara fosse coperta dalla terra, Leonardo, pazzo di dolore, gettò nella fossa una rosa rossa, come quella che aveva fra i denti quando l'aveva sposata.

«Che la terra ti sia lieve», disse asciugandosi una lacrima contro il naso paonazzo.

E non sapemmo mai chi gli avesse suggerito quella frase.

Poi aggiunse: «ti prego di perdonarmi per tutto il male che ti ho fatto.»

Sulla strada del ritorno, mi ritrovai fianco a fianco con Gep. Camminavamo in silenzio senza scambiarci una sola parola, mio padre era già sparito.

«Secondo te che avrà voluto dire con quel ti prego di perdonarmi?», chiesi a mio fratello.

«Credevo lo sapessi, Leonardo la picchiava sempre, anche quando non era ubriaco», rispose lui.

Non lo sapevo.

L'avessi saputo, non l'avrei trattato con tanta cortesia.

Sembrava innamorato pazzo di Giulia non l'avrei mai detto.

Dopo qualche minuto mi raggiunse Lilly e mi prese per mano.

«Secondo te, Giulia è morta davvero, oppure si è trasformata in un fantasma?» le chiesi nel tentativo di stemperare un po' il mio dolore.

«Smettila», rispose Lilly «lo sai bene che i fantasmi non esistono.»

«E quello con cui parli tu, allora?» ribattei.

«Quello sì, esiste», concluse Lilly.

«Allora esiste anche il fantasma di Giulia», risposi io per non piangere.

«Bella lei», concluse Lilly che voleva sempre l'ultima parola.

E ce ne tornammo a casa saltellando, mano nella mano come sempre, con un groppo in gola e il ricordo di Giulia seppellito per sempre nel cuore.

.

Cap. 15

Basilicata o Lucania

Negli anni mi sono sempre posta il dubbio di come definire la mia Regione d'origine, poiché ha un doppio nome.

Spesso ho detto: «sono originaria della Basilicata», a volte invece ho affermato: «sono lucana.»

E in quel momento mi son sentita fiera.

Dire di essere lucana mi ha sempre riempito d'orgoglio, per quel senso di appartenenza che accomuna i lucani.

Pochi la conoscono, la Lucania non si è mai distinta. Forse qualcuno l'ha inquadrata ultimamente, quando Matera è stata nominata la capitale europea della cultura.

Mi piace ricordare fra tutti un aneddoto.

Negli anni settanta, stavo cercando un appartamento in affitto a Milano. Quelli erano gli anni in cui i bar, eliminati i cartelli con la scritta vietato l'ingresso agli ebrei, li aveva sostituiti con la scritta: "vietato l'ingresso ai cani e ai meridionali".

Capisco che al momento sia una cosa incredibile, ed io stessa non ci crederei se non l'avessi visto di persona.

Sono sempre entrata dappertutto e non ho mai avuto problemi, ma quelle scritte offendevano la dignità di chi abbandona il suo paese non per viaggiare, ma per trovare migliori condizioni di vita e, in tanti casi, per sfuggire alla miseria.

Un amministratore di stabili mi aveva dato un indirizzo, un orefice con l'attività in via Torino, a Milano, che aveva un appartamento da affittare.

«C'è un problema però», aveva detto, «non vuole affittarlo ai meridionali, vedi se riesci a fargli cambiare idea.»

In realtà l'operazione fu semplicissima, alla sua domanda: «di dov'è originaria perché sa, non voglio affittarlo ad un meridionale», avevo risposto: «sono lucana!»

«Benissimo», aveva risposto lui, «se è di Lucca va più che bene!»

Da quella volta in poi ho sempre pensato a quanto siano beati gli ignoranti, poiché sarà loro il regno dei cieli.

La Lucania o Basilicata, è l'unica regione del Sud Italia ad avere due nomi.

Il primo è il più antico, risale all'epoca preromana quando il suo territorio era molto più vasto.

Il termine Lucania deriva dal nome dei suoi abitanti, i Lucani, la cui etimologia non è chiara.

Oltre al greco "*lykos*", lupo, si è pensato al latino "*lucus*", che significa bosco sacro o al greco "*leuk*", che vuol dire luce.

Basilicata è invece un termine più recente e deriverebbe da "*basilikos*" che significa imperiale.

Eppure gli abitanti della Basilicata non amano definirsi basilicatesi o basilischi, ma lucani.

Perché:

"se è vero che ciascuno è la lingua che parla e le parole che sceglie, se è vero che ogni popolo attraverso la lingua afferma la sua identità, è altrettanto vero che la Lucania esiste ancora come terra di lupi, terra di boschi e terra di luce."

(L. Sinisgalli)

Made in the USA
Middletown, DE
20 December 2021

56684222R10051